欲望

谈怡中 ◎ 著

安徽师范大学出版社
·芜湖·

责任编辑:吴　琼
装帧设计:王维民　张德宝

图书在版编目(CIP)数据

欲望 / 谈怡中著. —芜湖: 安徽师范大学出版社, 2017.1
ISBN 978-7-5676-2629-4

Ⅰ.①欲… Ⅱ.①谈… Ⅲ.①长篇小说 – 中国 – 当代 Ⅳ.①I247.5

中国版本图书馆CIP数据核字(2016)第219016号

欲　望

谈怡中　著

出版发行:安徽师范大学出版社
　　　　　芜湖市九华南路189号安徽师范大学花津校区　　邮政编码:241002
网　　址:http://www.ahnupress.com/
发 行 部:0553-3883578　5910327　5910310(传真)　E-mail:asdcbsfxb@126.com
经　　销:全国新华书店
印　　刷:虎彩印艺股份有限公司
版　　次:2017年1月第1版
印　　次:2017年1月第1次印刷
规　　格:700 mm ×1000 mm　1 / 16
印　　张:13.625
字　　数:200千
书　　号:ISBN 978-7-5676-2629-4
定　　价:45.00 元

目　　录

荆棘花用电话约了一帮人，来到宛城小区，撬开了山枫家的防盗门，准备在这里过年。这已是腊月二十六了，男女好几十人涌入山枫家，挤在一个百余平米的房子里，甚是热闹。荆棘花带着大家先参观室内，首先看到的是客厅电视柜上摆放着的一米五左右高的断臂维纳斯雕像。

维纳斯是希腊女神，她拥有美丽的椭圆型面庞、挺直的鼻梁，半裸的身体上肌肤丰腴。尤其是她那对坚挺的乳房和深圆的肚脐眼，还有光润的小腹上围着的衣褶仿佛完全要脱落下来，都令人想入非非。荆棘花、洛梅、付石、张晟这些刚刚步入不惑之年的男女一下骚动起来。付石看了看蓝平面泛桃红，张晟看了看洛梅霞飞双颊，要不是人多，他们的羞涩赧然早就化为了行动。维纳斯失去了双臂，她不再是神话中妒忌成性的美神，而是一个纯洁、高尚、典雅的女人，一个真正意义上的美神。这一点他们是很难理解的。

还是洛梅打破了尴尬的对视，惊讶地指了指白字黑底的瓷筒，说："这么大的鸡毛掸筒，能做米桶。"

"外行。"樊昌说，"这是装书画作品的器皿，你看这瓷筒上刻有王羲之的《兰亭序》。"樊昌是镇上一个当过领导的人，现退居二线，在家赋闲，与文化人有过交往，稍有见识，他解释道："东晋穆帝永和九年三月三日，在山阴兰亭'修禊'会上，王羲之与谢安、孙绰等41位军政高官做诗集册，《兰亭序》是王羲之为这些诗写的序文手稿。"

樊昌停了停，站在麻将桌旁的吴道打开空调，窗外雪花飘舞，一片雪白，室内却顿时温暖起来。

樊昌喝了口水,将茶杯放在麻将桌上作为左手的支撑点,抬起右手比划,给《兰亭序》归纳了中心思想:"《兰亭序》记叙兰亭周围山水之美和友人聚会时的欢乐之情,抒发了作者对于生死无常的感慨。山枫这个人我不认识,从他家里这些中西文化作品看,他是很热爱文化的人。"

曹凤接到荆棘花的电话时,还在乡下的一个小镇上。她连忙叫回打麻将的老公照看孙子,坐上公交车赶到山枫家。她一进门就听见樊昌的猜测,掸了掸身上的雪花,接过话茬说:"山枫这个人,我对他比那炕山芋还'熟'。我老公是主任时,他是校长,虽然当年学校中考全县考第一,但新来的郑书记和林镇长认为他不是当'官'的料,让他'下课'了。"曹凤又在地毯上擦了擦带有泥沙的鞋,被洛梅拉到沙发上坐下。她神秘起来,故意压低声音说:"他还有故事呢,哎,现在不说了。"

荆棘花又撬开了山枫的书房。因为山枫去了市里,人都不在家。"翰墨飘香"的条幅锁住她的视线,书法飘逸遒劲,这是国家级书法家送给山枫的,再看去就是满屋的诗词书籍。电脑桌前还有刚写好的赠给友人的新年贺诗:

开春感怀

红梅横月早,枝放映朝晖。
大地鸿蒙散,和风满意吹。
水游鱼影密,田种谷芳菲。
春酿屠苏酒,举杯不肯归。

樊昌跟着来到书橱前翻了翻《中华诗词》杂志,偶然发现了山枫的作品:

谒春谷公园李白石像

不肯蓬蒿出籍山,苍生未济遇奸顽。
光辉天日心曾照,浪漫诗篇史不删。

何必举觞浇苦闷，安能抽剑截悠闲。

竹前卧醉汪伦唤，岸踏歌声摇橹还。

他看后心里想，山枫是个很有文学才能的人，在我们面前可以称得上是个"文学雅士"，不像吴亮、荆棘花说的那样。他看了看荆棘花，对今天撬门入室有点后悔了。

沙凤是师范大学文学院毕业的，刚被一个中学聘任为老师。她拿起山枫的诗词，认真地读着，兴奋地将诗词贴在胸前，遐想着。

荆棘花心里想的与樊昌不同，山枫虽然能写几首小诗，但与我校长老公相比是有高低的。我老公掌握教师的职称晋升、课程的分配、考勤。老师为了评职称见着他都点头递香烟，还争着请我家老公吃饭。山枫行吗？听说他们学生家长请吃饭，老师们都躲着他。想到这里，荆棘花的嘴角露出一丝不易察觉的微笑。

吴道挤进书房抢坐到电脑桌前，打开电脑，寻找山枫的秘密。电脑中除了诗稿还是诗稿，没有他感兴趣的东西。他放下鼠标，打开书桌抽屉，又迅速推上，"主人的东西，我们不能动。"他边说边站起身指着墙上挂着的照片，引开其他人的视线。

墙上的照片是山枫参加诗词活动时与中国诗词专家的合影。所有进书房的人，都认为山枫攀附了什么大官、大人物。实际上这些人从领导岗位上退下来，为传承中国传统文化还在继续发挥着光和热。他们认为自己就是一个普通的民众，和山枫就是朋友。

付石站在书橱旁，仔细看着毛主席像章，直径十公分左右，正面是凸镜，镜里是微黄色玉质的毛主席头像，头像的下面有绒织棉花和麦穗立体图案。这是绝版且具有收藏价值的像章，他看后又轻轻地稳稳地放回原处。

这时又有个紫衣毛领人闯进来，气喘吁吁，好像从外面刚刚到达这里，进入书房谁也没有跟他打招呼，他也没有跟谁打招呼。他转身面向衣橱，拉开玻璃门瞅了瞅，又迅速推上。紧接着蓝平、赤金、张晟也涌入书房。

这时荆棘花挤出来，进入山枫的书法室，文房四宝俱全。樊昌跟着进来看了看山枫的几幅书法作品，全是临摹柳公权字帖，谈不上作品，这也是修身养性的爱好。荆棘花从一捆解开的书中，拿出一本递给樊昌，"你看一看山枫这本诗集怎么样？""这是山枫的诗集《云开万里》，国家级出版社出版。"樊昌接着说，"这书名还是著名诗人亲笔题写的，中国文学研究所的人写的序，嗯，有点档次。"

"里面写没写男欢女爱？"蓝平问道。"这本诗集主要写了上到五千年，下到当代，中国的发展历史。它的主线是创新，同时阐述了社会主义核心价值观。"樊昌解释道。

随后进来的站在一旁的曹凤说："山枫还送给我老公一本，听他说，出版这本书的过程中成就了两桩婚姻。"

这时书法室挤满了人，有的站在门外问："真的吗？"曹凤说："当然是真的，一个是在电脑室为他打诗稿的小姑娘，因为前几年电脑还没有普及，就是本地的，我一讲名字，你们有的还认识；另一个是为他的诗配画的小姑娘。"曹凤又神秘地说："正是有了这本书，他才走了运。"来的人听她这么一说，纷纷要拿一本。有的要送给自己的女儿，希望考个好大学；有的要送给儿子，希望考上公务员；沙凤要拿一本自己留着枕头。蓝平最了解她的心思，笑了。

紫衣毛领人插话了："什么拿不拿的，既然都是撬门进来的，想要什么就拿什么呗。"对于紫衣毛领人，樊昌、洛梅他们还不知道是哪条道上的人，谁也没说话。

荆棘花拿起书，从中间翻开，一使劲撕成两半甩向人群，咒骂到："你们都半途而废。"沙凤上前拉住了荆棘花的手，说："姨妈，何必跟书生气，书是文明的阶梯。"

沙凤把她拉到山枫的卧室，一屁股坐到床上。一个女人坐到另一对夫妻的床上，她首先想到自己是这个床上的女人那该有多好啊，对床上原来的女主人顿生醋意。沙凤撩起飘香的长发靠在枕头上闭起眼睛,好像自己走进了文化乐园,男主人张开双臂向她走来。

山枫卧室很简单,只有一张床,一台壁挂电视,还有壁橱。蓝平坐在荆棘花的旁边,面对壁橱顺手拉开橱门,里面全是山枫妻子各季的衣服。山枫妻子做过裁缝,身材高挑,对服装的颜色质地都很讲究,几个女人看傻了眼。

洛梅和付石、吴道等人进入另一个山枫为子女留的卧室,里面有一台山枫妻子用的电脑,床的旁边放满了山枫女儿拜年送来的烟酒糖。

进屋有些时间了,水还没有喝上。洛梅拿出礼品中的糖吃起来。付石、吴道拿起香烟抽起来。一会儿满屋的人吃糖的吃糖,抽烟的抽烟。沙凤始终没有动手,心里想,这些人有点不厚道也不知耻,真是一群疯子。

荆棘花拉着洛梅说:"吃这点儿东西怎么行,快到中午了,去看看他家冰箱有什么菜,要烧中饭了。"刘水是个酒鬼,吩咐蓝平、曹凤道:"你们快去给老爷子们烧点下酒菜。"

这时外面的雪越下越大,落到樟树上,压得树叶喘不过气来,又哗哗地落到门前小道上,覆盖住那些杂乱而又陌生的脚印。

荆棘花走出房间来到饭厅，打开冰箱，惊呆了。

洛梅高兴起来："哇噻，这么多年货啊，鸡、鸭、鱼，还有猪肉、牛肉、狗肉，满满一冰箱。"

吴道说："山枫真是我们的好朋友，知道我们要来过年，连烟酒都准备好了，高档香烟，八年的好酒，把我们当拜年的啦。"

刘水也说："这些够我们过年的啦。"

樊昌没有说话，坐在沙发上，只是抽着自己兜里的香烟，低头沉思着。

曹凤、蓝平，赤金都过来帮忙捡菜。刘水从冰箱拿出牛肉，放进盆里并倒入开水，解冻后放足佐料再烧开水，一并放入电饭煲。荆棘花本来能烧得一手好菜，因为她在他们中间是个领头人，还要考虑许多问题，就让洛梅来掌勺。

沙凤只是拿起拖把，不停地跟着这些人后面拖着地，捡着烟蒂。"沙凤把这当自己家了，心疼啦。"蓝平取笑说。

吴道坐在电脑前，始终不离开电脑桌。紫衣毛领人靠在山枫的衣橱旁也不离开。付石站在书橱前也不离开，好像很爱看书的样子。

客厅沙发上挤满了人，正在看《甄嬛传》，当看到甄嬛离开皇帝来到南安寺时，一片唏嘘。刘水学着电视里的镜头，张开双臂也要抱沙凤，把沙凤吓得从他臂下溜走了。

"你是结了婚的人，人家还是个大姑娘，拿她开玩笑，真不知道自己是吃什么的？"荆棘花狠狠地骂了刘水一顿。麻将桌旁除了四个人斗地主外，旁边也围了个里三层外三层。在房间里有的在看电视，有的在聊天。

"喂，吃饭啦。"蓝平喊道。洛梅指着桌上的菜说："中午时间有点紧，就烧这几个菜。炖牛肉,炖老母鸡现在还没有烂,只有晚上吃了。"

刘水看桌上有肉炖豆腐,红烧鲫鱼,红烧鸡和大河虾,说:"快拿酒去,这都是下酒的好菜。"吴道从房间的礼品中又抱出四瓶酒。

曹凤说:"你们不要只顾自己,让出两个位子给荆棘花和樊昌,他俩一个是谋划人,一个是领头人,你们要多敬他们几杯。"

荆棘花推开纸杯说:"中午我就不喝了,晚上陪你们喝一点吧。"

樊昌斟了一纸杯说:"中午就酒在杯中了。"

喝酒的围在餐桌上,不喝酒的端着饭坐到沙发上,围在麻将桌旁,边吃边看电视。

唯独沙凤站在旁边没有吃饭,曹凤很热情,盛一碗饭夹上鱼和虾递给她,说:"既然你在山枫家了,就不用客气,就当他请你。"

酒过三巡,吴道的手机响了。他退出酒桌,接电话去了。转身回到桌上说:"我女友在医院生产了,催我到医院去。"说完端起酒杯,一饮而尽。刚走到门口,又转过身来说:"我打火机丢在电脑桌上了。"

他一人进了书房,一会儿他抱着解开的羽绒衫出了门,衣服里好像夹着什么。

这些付石看在眼里,他喝干自己杯中酒,草草地扒几口饭,"你们慢慢喝、慢慢吃,我去玩电脑。"走进书房,他拉开电脑桌抽屉,发现山枫的数码相机不见了,一条高档香烟也没有了。吴道第一次拉开电脑桌,又迅速关上的同时,付石就在旁边,回头无意中发现抽屉里的数码相机和香烟。对于吴道不寻常的动作,付石早就了然于心。

"吴道第一个背着大家把山枫的相机、香烟夹在衣服里带回家,我也不能空着手。"付石心里嘀咕着。他看看没有人进来,就把书橱上的毛主席像章迅速地揣到皮衣贴心的口袋里,也找个理由,若无其事地出了门。

紫衣毛领人吃饱喝足了后,回过头来,发现前后出去两个人。他走进书房一望,书橱上的毛主席像章不见了。他刚才一进书房门,就看到付石捧着像章,爱不释手。

紫衣毛领人知道,付石早就产生把它窃为己有的想法了。于是,他又推开书橱,先前看到的山枫穿的皮草和棕色棉皮鞋还在,心里想,这两样属于我的了,静待时机。

中饭后,荆棘花和樊昌正要商量着下一步计划,张晟说:"今天就在这里先消遣消遣,明天再计划也不迟。下午打麻将、斗地主、打八十分自愿组合。"刘水一瓶酒下肚,已经分不清南北。

赤金说:"牛爷我们推牌九,你推我下注。"刘水有个外号,人称牛爷。前三版,还按规矩来。后来只摸不看,只听天门喊牛爷发奖金,一方二百五;牛爷包压岁钱,一方又是二百五。三方的点子牛爷一个也没有看到就发了两万五。实际上,就是把点子给他看,他也看不清楚。赤金伸出大拇指——牛爷真爽快。

虽然雪云蒙住了太阳,窗外一片雪白,但在室内已感觉太阳落山了。

洛梅端上炖牛肉和炖老母鸡,屋内充满了牛肉和老母鸡的香味。这时吴道从家里赶到,紧跟其后付石也赶到。

刘水从房间里又抱出六瓶好酒:"今天晚上我们一醉方休。"

付石说:"中午的梦,到现在还没醒,还要一醉方休。"

"这就叫醉生梦死。"张晟说。

曹凤看一张桌子太挤,她将菜分了一部分到麻将桌上,不喝酒的到这里喝牛奶,因为山枫女儿拜年礼品中有。喝酒的坐一桌。赤金给樊昌斟上满满一纸杯,大家依次敬他。

"感谢樊哥带我们到这儿先过个年。"荆棘花也斟了一纸杯酒。大家同时举杯高喊:"荆姐,年轻漂亮!"

吴道把酒杯举过眉头调侃地说:"感谢荆姐'开门'的好技术,不然山枫家这些美味佳肴,我们怎能吃得到。"

樊昌、荆棘花同时举杯站起来,回敬大家:"感谢大家一呼百应。"客厅里喝牛奶的、敬酒的,真像大年夜,好一派欢乐景象,就是没有放鞭炮。

酒过三巡了,荆棘花找沙凤倒水给她。这时沙凤根本就没有端饭碗,也没有喝牛奶,更谈不上喝酒。她一人坐在山枫书房里,正在看山枫留在桌面上的诗稿。这是一件发生在山枫身边的事。有一个年方十四岁的小姑娘花月怀揣梦想,来到繁华的都市却被拐卖。山枫写道:

被拐

梦想怀藏上海来,高楼影下两徘徊。
瞬间有聘人需急,背向青阳卖姓柴。

一个三十好几的男人没有结婚,突然买来一个天真无邪的才十四岁的小姑娘,还迫不及待地与她结婚。后果怎样山枫以诗记之:

童婚

二月枝头花未放,暖凝嫩蕊暗流香。
可怜一缕风穿月,红落深泥生海棠。

沙凤看了诗以后,红着脸咬着牙,心头燃烧着怒火,小姑娘被一个黑漆漆的中年男子任意蹂躏着,没有援助,没能力反抗。她恨不得上前拼命推开那个男人,救出小姑娘。沙凤沉浸在诗的想象中,越想越愤怒。

"沙凤、沙凤。"荆棘花连喊了两声。最后还是蓝平把她拉出去,像中午一样盛碗饭,舀点鸡汤,夹了几块牛肉萝卜,塞到她手上。"一个大学生在外闯荡了,还像未出过门的小家女,在这里拿不出手。"荆棘花笑着说自己的姨侄女。沙凤放下碗,给姨妈倒了一杯开水,递过来。

酒喝光了,菜盆里连汤也没有了。因为人太多,知道名字的有五十几个,不知道名字的有五十几个。

饭后,樊昌发话了:"在这里床上、沙发上,晚上能睡多少人就留多少人下来,在城里的或家里离得近的都回去睡觉。"

荆棘花说:"蓝平和沙凤睡山枫床上,我和曹凤、洛梅三个人挤一挤,睡北边房间里。"话音未落,紫衣毛领人抢着说:"我一个人睡山枫书房的沙发上。"樊昌、张晟等几个主要人留下来,以便商量对策,另一部分人散去。

"男人就会吃现成的,也不烧,也不洗。让我们给你们做几天'老妈子',丢一点想头给你们。"曹凤抱怨完就和几个女人洗刷起来。沙凤忙着扫地,边扫边埋怨,这些人没有卫生习惯,垃圾就扔在地板上。

荆棘花说:"有些人就是这样德行,自家不扔,人家扔。"等洗刷打扫完后,几个后勤也累得坐下了。

曹凤看看屋里人有点奇怪,问蓝平:"今晚的人,怎么不看电视,也不打牌?"

"就等你讲山枫的故事。"蓝平回答。

蓝平把曹凤拉到沙发的中间坐下，大家也围坐在一起。洛梅倒了一杯茶放在曹凤面前。曹凤喝了口水，清了清嗓子说："山枫从小非常穷苦，和董永一样，早年丧父。董永是上无片瓦，下无寸土。但他比董永好一点，上有茅棚一顶，睡觉外借三尺。不过婚姻上就没有董永那样好运气了。董永能遇到七仙女拦路求嫁，不嫌穷，帮他生儿育女，还共同致富……"

沙凤打断她："什么是外借三尺？"

"自己家里没有睡觉的地方，在邻居家偏房里借个地方睡觉。"曹凤解释道。

曹凤喝了口水又说："山枫有个表妹很漂亮，也有文化，他很喜欢她。表妹家没有山，缺柴烧。山枫很勤快，冬季天天上团山耙松毛，送到表妹家，想'以松毛换老婆'。"

"后来换了吗？"沙凤又问。

"不可能，癞蛤蟆想吃天鹅肉。"紫衣毛领人抢着说。

曹凤叹了口气说："是啊，后来婚姻法规定，近亲不准结婚。这好像一个炸雷，把山枫打得找不到家。"

曹凤接着说："过了好长一段时间，山枫才缓过神来，自己安慰自己，'婚姻由天定，有缘才成婚。'有一天，他无精打采地来到课堂上课，把教本往讲台上一放，一抬头，一位女学生站起来说，'老师，你的衣扣错位了。'山枫眼前一亮，如果在学生中找一个，等她成年了做老婆，那多好啊。好的原因主要是学生性格、学识、接人待物都是自己培养的。山枫暗地里做了个大胆的决定，就培养她吧——刚才站起来的那个女生叫阿兰。于是他就做了个'以粉笔换老婆'的计划。这个计划具体执行,那就是拼命地去备好课、上好课,以取得更好的教学成绩,争取人们对他'以粉笔换老婆'的支持。"

"实际上,山枫参加工作早,最早的学生与他的年龄只相差几岁,等学生成年了结婚,也无可厚非。"曹凤解释道。

"三年过去了,阿兰十八岁了,出落得亭亭玉立。山枫准备去提亲,有人说了,师生结婚违背了师德。如果他真的这样做了,就让他'下课',砸碎他的'泥巴碗'。"

"阿兰听大家这么一说,吓得不敢和山枫见面了。不久就被城里一个贩黄鳝的中年人娶走了。这又是一闷棍,打得山枫睡了好几天。山枫空费了心思,空费了三年时间,但粉笔没有白费,不但教好了一个学生,还教好了一个班,全乡镇又考了第一。"

沙凤说:"我要是他的学生,我就让他实现那个'粉笔计划',我还要大声喊'我爱老师',让别人嫉妒去。"

"小丫头,你生什么气,这就像山枫自己说的,'婚姻由天定',爱他的没出生,出生的不爱他。"荆棘花安慰着侄女。

紫衣毛领人又说:"这个穷小子,就该没有老婆。"

樊昌反驳道:"穷小子就该没老婆,董永比山枫还穷,他还娶了个仙女。山枫没老婆运。"

"两年后,他仍然没有讨到老婆,母亲年龄大了,洗衣做饭有困难。他的姐姐、姐夫急在心里,就在邻村给他介绍了个'二手姑娘',也叫阿兰。"

"什么是'二手姑娘'?"沙凤惊奇地问。

"就是已经定过婚的姑娘,后来'反水'了。"

曹凤解释说:"现在有谁要娶这家姑娘阿兰,有个条件,就是一天能给女方家拉三千棵山芋垄。山枫咬咬牙答应了,当面与女方家订了个'以钉耙换老婆'的合同。"曹凤说完,喝了口水,休息一会儿。

张晟在农村住过，也拉过山芋垄栽过山芋，一天拉三千棵山芋垄，这是神仙猪八戒的钉耙。他又仔细算了算，一分钟拉三棵，三千棵一天也需要将近十五个小时，这是个重体力活，还要吃饭、休息，能完成吗？张晟惊讶地叫起来："山枫是个骗子，那是个诈骗合同！"

沙凤急了："这也叫骗子？我家姨父和他一样，又种田又上班，也栽过山芋。早上上班前拉几棵，下班后拉几棵，他怎么知道一天能拉多少棵？说不定这个阿兰家是个骗子。"沙凤的姨父就是荆棘花的丈夫，沙凤小时候在他家生活过。

"沙凤不愧是有学问的姑娘，一语中的。阿兰家有能栽五万棵的山芋地，女孩子多，缺少男劳力，就选女婿来拉山芋垄。阿兰前男朋友，早上太阳从旧金山升起就下地，一直到太阳落下紫金山才收工。一天拉了两千五百棵，拉了五年。这时前男友提出要结婚，阿兰父亲老矮背后对阿兰说，'这个小伙子举钉耙，像举重那样吃力。钉耙落地像飘一样，吃土才三分。他能养活人吗？阿兰你要三思。'阿兰听父亲这么一说，就分手了。"曹凤有声有色地讲着。

"山枫一天到底能不能拉三千棵山芋垄呢？阿兰的父亲老矮心里清楚。正像沙凤说的，山枫心里不清楚。但他不敢贸然整天去拉山芋垄，万一一天拉不完三千棵，他最后的婚姻也要黄，所以他特别小心，整天提心吊胆。因为春夏之交，日长夜短，他每天下班去，干到蚊子叮红了脸，看不见手上的钉耙才收工。

第二天，老矮下地数一数，再把下地的起始时间记下来。星期天，山枫也找借口说校长上午要教师集中学习，下午才能来拉山芋垄。老矮也很通情达理，叫阿兰中午在饭头上炖两个蛋。自己把钉耙放到后门旁的沟里泡一泡，以免山枫下午来拉山芋垄掉把耽误时间。这样一干就是五年。之后如何，请在座的猜一猜。"曹凤故意卖关子。

"又一个五年过去了，阿兰也老大不小了，老矮就应当让他们结婚吧。"

蓝平也同情山枫了。

吴道听曹凤要讲山枫的故事,就留下来,听完故事才回家。他接过话茬说:"我看山枫不可能和阿兰结婚,老矮可能还有第三个'五年计划'。"

"如果真的是这样的话,我是阿兰的话,我就怀着大肚子,自己到他家去,看老矮怎么办。"沙凤愤愤不平起来。

"一个姑娘家,说这样的话,也不知道害羞。"荆棘花批评侄女,"父母把你抚养到二十几岁,还给你读书,要一点回报,还过分吗?"

"沙凤不愧是有知识的现代女性,爱情应当属于自己的,不能把它当筹码换来换去。"樊昌很欣赏沙凤的性格。

"曹姐快接着说,我代山枫受不了啦。"蓝平着急了。

曹凤接着说:"一天晚上,山枫扛着钉耙收工回老矮家吃晚饭。山枫把钉耙齿朝前扛着,钉耙把朝后挂着一捆柴。因为天黑看不见路,老矮家后门口又有一个陡坡,山枫脚一滑,人往后一仰,柴从钉耙把滑下去,钉耙齿朝前一扎,重重地扎在山枫的胸前。因天热,劳动又出汗,山枫只穿一件背心,胸前顿时出现了四个钉耙齿血印。山枫疼痛难忍,勉强吃了碗饭,喝了口水停了停,不好意思地向老矮提出,'五年了,我和阿兰也老大不小了,能不能把她给我接回去?'"

老矮听了后,慢慢地端起酒杯,呷了口酒,再夹起鸡翅,又慢慢地啃起来,半天才冷冷地说:"这件事,我不能做主,你还是去问问阿兰吧。"

"老矮啃鸡翅,这是暗示山枫的婚姻又要'飞啦'。"洛梅紧挨着张晟坐在一起,时不时还摸摸手,看看指纹,听到这里,惊呼起来。

"这有什么大惊小怪的,你不也'飞'过吗?"张晟撩起洛梅的长发向上一甩说。

"山枫起身,捂着胸口,去问阿兰。"曹凤接着说,"当山枫面对阿兰,背对老矮时,老矮向阿兰挤挤眼,阿兰心领神会。没等山枫开口,阿兰说,'我要去大妈家,教小华打毛线。'便转身走了。

山枫全身是汗,伤口又痛,只好讪讪地回去了。阿兰见山枫出了前门,从后门又回来了。

老矮对阿兰说,'山枫答应一天拉三千棵山芋垄,我早就料到他做不到。那种文绉绉的样子,拿钉耙还戴手套,不敢整天给我干活。但我也作了计算,不如你前男友。你前男友到底一天还拉了二千五,他一天就拉了二千二百五。阿兰啊,这样的人以后连一条狗都养不活!'阿兰哭了。"

"阿兰后来想了想对父亲老矮说,'山枫虽然一天拉少了几棵,但他还有一份工作。''死丫头,他那是泥巴碗,风一吹就碎,雨一淋就化。而且那泥巴碗里头能装几粒米,给猫吃都不够。不像我家,一钉耙就是一斤山芋粉,你数数多少钉耙,算一算是山枫收入的多少倍。'"

蓝平问:"老矮的女儿,到底嫁不嫁?她妈怎么不说话?"

"她妈因为身体不好,不能干体力活。如果她想为女儿说句话,老矮就把眼一横。但这一回,她妈说话了,'老头子,如果这次把你女儿的事再黄了,你就搬到戴公山顶上住吧,不要见人了。再说了,女儿嫁到山枫那里,又不要你养。古话说,嫁出去的姑娘,泼出去的水。他们还会来帮你拉山芋垄,别为了自己,耽误了他们的婚姻大事。'"

"这一回,老矮蔫了,实行'第三个五年计划',碰到了阻力。"曹凤讲着。

沙凤高兴起来:"山枫'以钉耙换老婆'的计划将要实现了。"

曹凤说:"不要高兴得太早。"

洛梅问:"又出茬子啦?"

曹凤接过洛梅的话说:"是啊,老矮虽然同意了山枫结婚的请求,但有个条件。"张晟接过话茬说:"我能猜到什么条件,那个时期婚姻嫁娶流行的就是砖墙瓦屋,三转一像。"

沙凤年轻,问:"什么是'三转一像'?"

姨妈告诉她:"'三转'就是上海永久牌自行车,上海宝石花牌手表,芜湖长江牌缝纫机。'一像'就是电视机。"

曹凤接着说："老矮说了，电视机带彩的更好。山枫住的是自己垒的土墙瓦屋，瓦是借钱买的，欠了一屁股债。三年的工资才买一辆合肥皇冠牌自行车。买车是为了路上节省时间，早一点到老矮家拉山芋垄。买车时还征求了债主的意见，让债务缓一缓。"

"这个穷小子，还有什么彩，他有黑的，就没白的；有白的，就没有黑的。哪有这个条件。钉耙换老婆？我看钉耙换个蛤蟆都换不到。"紫衣毛领人总是幸灾乐祸。

樊昌问："你那有黑的，没白的是什么意思？"

紫衣毛领人："我说山枫只有白天和黑夜，他能有什么？"

"后来怎么了？"有人问。

曹凤说："老矮已答应给人了，也提了必须要达到的条件。眼看就要到办喜事的黄金时间元旦，还没有看到山枫有什么结婚的积极准备。老矮给山枫下了最后通牒——如果今年腊月腊八，再不把所讲的条件备齐，我就把阿兰嫁给邻村掏黄鳝的阿毛。阿毛也三十好几了，他家有两间两尺五高的砖墙，上面是土坯的瓦屋。阿毛只要一伸手，两个月掏的黄鳝，就能买齐'三转一响'。眼看腊月腊八快到了，山枫下班天天走窑厂，跟在拖砖的手扶拖拉机后面，看看有没有砖被颠簸下来，想捡砖砌墙。还没等他捡到三块砖，阿兰被掏黄鳝的阿毛娶回家了。"曹凤讲得口干舌燥，停下来喝了口水，借机休息一下。

沙凤听到这里，气得直掉眼泪。

"傻丫头，你气什么，难道你还想做第二个七仙女，可惜董永似的山枫，就是没有艳遇。"荆棘花侧过脸对沙凤说。

"当年要是我，就嫁给他。他是多么好的年轻人啊，热爱学习、热爱工作、不怕苦不怕累、诚实、睿智。"沙凤含着泪说。

荆棘花心里想，这好歹是山枫过去的事，要是今天的事，这个丫头我还真带不回去了。她连忙用餐巾纸帮侄女擦了擦眼泪说："只怪山枫异想天开。拿什么松毛、粉笔、钉耙换老婆,只有钱换老婆才现实。"

紫衣毛领人反驳说:"那不一定,就我吧,比老矮还矮的人,还尖嘴猴腮,要人没人,要才没才,要钱没钱。我'娶'的老婆,那是肌嫩欲滴,身材标致的美女。当时,我老丈人也要'反水',我拿把尖刀,绕塘埂追他三圈。过几天,他把媒人找来,说给我看好了日子,结婚缺什么,他就陪什么。以后对老丈人,我还敬重如山。遇到老矮这样的人,山枫腰后要插个家伙,追得老矮不在家里蹲。"大家听了,都笑了。

曹凤看了看墙上的电子钟:"要休息呐。"

沙凤拉着曹凤道:"曹阿姨,再讲一讲山枫的故事。"

蓝平说:"冬天晚的早,我们吃得早,现在才八点半,就再讲一个吧。"

洛梅穿着红色小短袄,下穿着紧身裤,外罩一条超短皮裤,在空调屋里,显得楚楚动人。张晟坐在身边时不时地搂一搂,靠一靠,根本就舍不得离开,更希望曹凤再讲故事。

不可吹落北风中
惟愿一枝抱香死

第四章

"从此，山枫再也不想去娶什么老婆。他说'人心不暖，自心要暖，只要向前就有路。'每天上班画一盒粉笔，下班栽两棵秧，晚上油灯下解三道方程，来年考个'铁饭碗'。可惜，到考试时，有关主管部门通知，今年师范不招收像山枫这样的人。允许参加考试，但和在校中学生同等录取。

这无疑又给山枫当头一棒。这个家伙不死心，还要参考。可参考那天，他又带了纸条上考场。一般的监考老师，对山枫这样的人看都不看，觉得就是把书摆在面前，让他翻都翻不到。

可那位烫着卷发又漂亮的年轻女老师，就是看他不顺眼，就坐在他身边，好像考场就他一个人。山枫从来没有女人跟他挨得这么近，也从来没闻过女人身上散发的那种芬芳的气息。他紧张得满头大汗，从上衣挂笔的小口袋里，掏出小手帕擦擦汗。哪知正好把小纸条带出来掉在试卷上，这位女老师一眼便看见了。

女老师转身一把拦腰抱住山枫，让山枫两只胳膊动弹不得，防止山枫毁灭证据。她紧贴在这个还没有结婚的小伙子身上，因为是夏天，穿得都很单薄，这让山枫无地自容。山枫从来没有被女人，尤其这样一个年轻漂亮的女人紧紧地抱过。他已忘记这是考场，魂飞魄散。

'喂，跟我到监考办公室走一趟。'直到监考负责人来了，女老师才缓过神来，放开山枫，脸一下红了。考场的考生都抿着嘴笑，那些刚进入青春期的小女生也脸红得低下了头。女老师转念一想，我今天是舍身抓'贼'，也算立了一大功，下次评高级时，我又能加分了。"曹凤一口气讲到这里。

"山枫这个癞蛤蟆，天鹅肉没沾到边，还想娶天使。这下好了，营私舞弊,抓起来了。"山枫落井落得越深,紫衣毛领人就越高兴。

"山枫真的没有机会了?"沙凤又着急起来。

"最起码三年不得参考。"樊昌说。

"山枫到办公室,交代了'舞弊'的经过,具体怎么处理,那是局长的事。这一年,山枫中学时的一位老师当局长。招生领导组会上,大家发表处理意见。有的领导说,开除。有的领导说,反正他以后又没有招生和转正的机会,就罚他五年不发工资……

山枫的老师打断他们的发言,'我有一批学生,都像山枫一样,在底下拿着粉笔,捧着泥巴碗。多少年来姑娘没眼看,社会斜眼看,我们还往死里看。这件事,我看就交给纪检组,根据实际情况让他们去处理。'

有个领导说,是不是要给这个监考老师记一功? 话还没说完,局长便直接让大家散会了。"曹凤说。

张晟惊奇道:"这个家伙,还有后台?"

洛梅说:"说不定这个家伙,还有爬起来的机会。"

"那一年后,师范学校又向他们开门了,但开的门缝很小,百分之二。功夫不负有心人。一场考试过后,山枫成绩名列前茅。眼看就要捧上'铁饭碗'了。"

听故事的人又紧张起来,同时问到:"又出茬子啦?"

"这一回,倒没有出什么大的茬子。"曹凤接着说,"山枫上师范填表时,有一栏是所在学校校长附意见。负责招生的郎科长一看,都气晕了,当时学校王校长给山枫附的意见写着:'感谢上级领导对山枫的照顾。'

郎科长说,'这个王校长想砸我们的饭碗。这不是说我们为山枫开后门上的学校吗?'郎科长一个电话,把山枫从乡下叫到办公室,说,'你这个山枫,也真窝囊,你那个乡一百多号人,就你一人考上师范,人家还怀疑是我们给你走的后门。你啊,不能学会吹一吹自己? 我倒怀疑,就算你教出成绩,人家也不会记到你头上。'

山枫想一想,确实还有这么一回事。那时县还属于临近地区管辖,地区所属八个县举行作文竞赛,总共只有十七篇作文获奖。山枫辅导的学生作文《学骑车》获地区三等奖,并被编入作文选。学生获得了大字典、钢笔、笔记本等奖品。学校把它作为主要教学成果,在全乡宣传,辅导老师署名为某某学校。知情者问校长,这不是山枫辅导的吗?获奖的还是他班的学生。王校长、高主任同时说,'他哪有那水平。'"

　　吴道问:"就是你家那个王校长吧?"

　　"我家老王,跟山枫不是一个学校。"曹凤继续讲道,"郎科长抽了一张新表说,'回去交给老汪去附意见,这些人嫉妒的心都快要蹦出心口了。'"

　　沙凤高兴得叫起来:"山枫终于遇到好人了。这下用'铁饭碗'换老婆能实现了吧?"

　　紫衣毛领人说:"那可不见得,时代在发展,'老婆们'还会有更高的追求。"

　　曹凤接着说:"有人说,时代不同,姑娘的爱不同。七十年代姑娘爱工人,八十年代姑娘爱军人,九十年代姑娘爱官人。山枫虽然娶了老婆,但他没有当什么校长之类的官。老婆还是移情别恋,跟一个带'长'的老师住旅社去了。"

　　"这个山枫,真是个窝囊废,要是我,一根绳子将他们捆起来,扔到漳河里去。"在位的几个男人同时吼起来。

　　沙凤在想,为什么现在有的女人不愿一枝抱香死,宁可吹落北风中。这是新时代带来的世界观的改变吗?

　　"山枫经过这种种人生磨砺,有点成熟了,傻气也磨掉了不少。学校就派他去离家十多里,全是泥巴路的边远学校当校长,晴天一身灰,雨天一身泥。新官上任三把火,一把火烧掉了人浮于事;二把火烧掉了老套教学方法;三把火烧掉了奖金面前人人平等。果不出其然,出成果了。这一年,学校中考全县第一名。"曹凤说着。

樊昌说:"故事听到现在,山枫就是一个傻乎乎的人。怎么,教学还有套路? 真是见傻不傻,傻中隐藏着智慧。"

曹凤又接着讲山枫的故事:"可是好景不长。第二年,镇里调来了新的郑书记和林镇长。他们一上任,第一步就把镇政府的各个单位都作了人事调整。第二步就是对全镇中小学校校长进行摸底,以便重新任命校长。

郑书记对分管的陈副镇长作了指示,'我只作一点指示,像山枫这样的校长,你们要慎重。他们虽然在学校管理上有点成效,但他们容易骄傲。尤其是表现在以成绩功劳要挟政府生第二胎。其他事宜听林镇长指示。'

林镇长对现有学校视察时,也作了指示。陈副镇长赶紧拿起本子,拔出笔,紧跟在林镇长身后作着笔记:'第一、没有背景的校长要换下来;第二、教学能力强的校长要换下来;第三、没有地缘关系的校长要换下来。第四、没有对镇政府有较大贡献的校长要换下来。'

陈副镇长对林镇长的四点指示,有点摸不着头脑。但也不敢问,问了怕被领导批评自己没水平、没悟性,不能深入学习理解。陈副镇长只好对林镇长的指示边学习、边实践、边领会。

陈副镇长按照林镇长的四点指示,编制了一张表,发给全镇十五所中小学校长填写。一个星期后,陈副镇长把表收上来一看,从中抽出两张表,一张是山枫的,一张是阿成的,作为重点向林镇长汇报。

镇政府的镇长办公室里,林镇长靠在真皮转椅上,红木办公桌上的保温杯里铁观音不断冒着香气。他边品着茶,边听坐在他对面木椅上的陈副镇长的汇报。这张木椅还是陈副镇长从外走廊边搬来的,四只脚之间已没有连档了,稍一动就嘎嘎响。

陈副镇长小心翼翼地抽出山枫的表说,'山枫,扁山人,出身农民。他的社会关系,不是拉山芋垄的,就是钓黄鳝的。他整天手里拿的不是粉笔,就是钢笔,也不到我们办公室走动走动。他学校收的学费全用在改善办学条件上。另外,我还听阿成说,他的老婆……' '停停停。'林镇长打断他的话,

'我也是听阿成说的,已听过多少遍了,耳朵都起茧了。自己的老婆跟一个屁官都算不上的人有染。自己老婆不尊重你,还让老师学生尊重你?山枫的事就按郑书记指示办。'陈副镇长坐在那嘎嘎响的椅子上不敢动,听的也比较认真,这一回领会到了是'下课'的意思。"

沙凤听到这里又急了:"他老婆的事怎么能记在山枫的头上?就像我当年读初中时,小男生见我长得漂亮,学习成绩又好,经常偷偷地在我书里塞一张纸条写着'我爱你'。班主任发现了,就当着全班学生的面说我是妖精,小小年纪就谈恋爱。上体育课时,体育老师走到我的队前,死盯着我的胸前对大家说:'看看还没长大,就谈恋爱。'但是,我没有听到哪一位老师去批评那个写纸条的小男生。"

姨妈荆棘花说:"丫头,这就好像种瓜的被偷瓜的打了,种瓜的请路人评个理,路人说:'谁要你把西瓜种得又大又甜。'天不应该生你,更不应该生得这样漂亮。沙凤这个丫头抱不平是对的。一人做事一人担。政府这样对待山枫,是让人有点痛心,山枫也是有辱说不出。"

"人诚实能干、有素养是过错,被人欺辱;女人长得漂亮也是错,也应该被欺辱。像山枫和我这样的人应到南极去住。"沙凤的气还没消。

"陈副镇长说,'下课不下课堂。为了照顾一下山枫的面子,让他去另一个学校吧。'林镇长说,'这样的人,又有什么面子,就地处理。'"曹凤对"就地处理"四个字说得特别重。

藏实夸虚海底沉
自强不息必成金
第五章

"陈副镇长把山枫的表打个叉,插回文件袋,从中又抽出阿成的表说:'阿成,团山人,是官二代,新中国成立后他父亲是送字下乡的小组长。爷爷的老表的老表见过光绪,奶奶的表妹的表妹见过珍妃。现在省里的一个副省长和他的姓音同字不同,据说也是一家。'

林镇长这下高兴起来,说,'嗯,阿成背景深厚,我镇招商引资有项目了。'陈副镇长惊奇地呆望着林镇长。林镇长知道他不懂自己说的是什么意思,解释道,'你都当了副镇长了,这一点你都不懂。我们可以利用阿成这个背景,在团山脚下造一口井,命名为'珍妃姊妹井',进行招商引资。再到北京故宫珍妃井里,装一杯井水带回来,倒在井里,这口井里的水和故宫珍妃井里的水就是相通的了。这样开发的旅游项目就能吸引游客了。

陈副镇长顿时茅塞顿开。心里想,镇长要有背景的人当校长,是为了招商引资。真是高人一筹,不愧是'正科级坐老板椅'。

'接着往下说。'林镇长兴奋了。

陈副镇长用欣赏的口气说,'阿成对学校经费管理有一套。老师用粉笔,每支必须用到只剩一公分长,然后连盒子端来,自己亲自数一数剩多少个粉笔头,就换多少支新粉笔给老师;五年发一支一元的红笔,给教师改本子;新来的教师三年后才发;教室的窗玻璃被雷震碎了,罚学生家长拿钱买;学生坐的课桌凳,还是七十年代的,修了再修,补了再补。上课时,课堂上嘎嘎一片响。什么教师节,自己抬石头自己庆贺。但他舍得招待领导,只要我们去了,总是让我们喝得认不得家。他们学校的账户上结余两万五千元,已打到镇财政账户上。他说,学校全体老师一致同意,送给镇政府作

办公经费。'

林镇长听了喜上眉梢,'这样的校长,不但会勤俭持家,还尊重镇政府领导,经济上对镇政府又有较大贡献,实在难得。'

'不过……' '不过什么,快说。'林镇长催道。

陈副镇长接着说,'阿成不能沉于学校教学,总是浮于官面上——跑官。最近,郑书记听了我的汇报,对他不能搞好学校教育教学很有意见。并指示我们,阿成当校长的事放一放。阿成听到这个消息后,日夜不能睡觉。半夜跑到教委主任家,踢坏了他家的门,说是教委主任打的小报告。回家又把被子抱到镇政府,铺在郑书记办公室门口,就在那里吃睡。这个家伙可不像山枫,是路边的一块砖,任你扔到哪里就扔到哪里。'"曹凤刚讲到这里,紫衣毛领人哈哈大笑起来:"当老师的也有像我一样的人——无赖。"

张晟一下子站起来说:"人在某些时候,就要耍点无赖,不然就吃亏。"这一站,可把靠在他怀里打盹的洛梅吓了一大跳。张晟一把抱住她,连忙拍拍后背:"不怕,不怕。"

樊昌说:"当领导的,到一个地方也就怕这号人,为了安定,他们首先就要把这些人安排好。"

荆棘花说:"我们也算这号人,今天在山枫家折腾,也就是制造不安定,迫使政府帮我们达到要求。"

沙凤担心地说:"姨妈,你们这样做是违法的。"

洛梅挣开张晟的怀抱,为了掩饰自己的羞涩,转身边倒开水边说:"既来之,则安之。管他什么违法不违法,先听曹姐把故事讲完。"

"学校开学的前一个月,"曹凤继续说,"镇政府党委班子在会议室召开了重新任命中小学校长会议。陈副镇长首先对中小学十五位校长摸排情况作了汇报。然后,进入讨论阶段。会上,党委们都是围绕着林镇长的四点指示讨论对照。

汪委提出，'林镇长的第二条指示，什么教学能力强的不能当校长，我年轻，水平有限，平时学习不够，不能深入理解。'

林镇长坐在主席台中央，左手端起茶杯，右手揭开盖，满满地喝了一口，他怕作指示时没时间喝茶。然后坐正身子，右手将麦克风抬了抬，要让自己的每一句话，都一字不漏地从麦克风里放大出去。

他对汪委有点失望，说道，'你要想一想，孩子是祖国的花朵，是祖国的未来，是社会主义的接班人，这是需要教授他们更多知识的，这就需要教学水平更高能力更强的老师在第一线上课。比如，一个叫阿成的老师，他上课时，还打电话和我们领导沟通、交流。一个星期有三天到我们领导办公室，汇报每个老师的各种思想和情绪。虽然阿成老师敏感性强，还没听到风就是雨，把被子铺到书记办公室表达自己要当校长的强烈愿望，但这也没有什么错，这充分反映了阿成老师为人民服务的热情高涨。这样的老师，显然是不能深入教学第一线教好学生的，但他能深入领导中间，传递每一位中小学教师的各种信息，以便镇政府制定对策，防止教师动乱。像阿成这样的老师，放在课堂上，耽误了学生，让他当校长还比较适合。这叫'因材施用'。

郑书记听了，知道林镇长是针对自己说的，连忙移了移自己面前的麦克风说，'林镇长是位认真学习的领导，理论水平高。在用人上，他有自己独到的见解。我原来认为，像阿成这样的教师，动不动就抱被子，睡到领导办公室，又搞不好教学，就不能当校长。看来我还要好好学习，对事物的一分为二还要深入理解。'

汪委站起来，'感谢林镇长的教导，让我提高了认识水平。'

陈副镇长站起来汇报说，'我们摸排的十五位校长，也只有阿成最符合林镇长的前三点指示要求。'

林镇长接过麦克风来，'阿成是我们首选新校长。包括阿成在内的十五位校长，都是哪里人？'

陈副镇长答,'团山七位,扁山八位。'

林镇长又问,'阿成是哪里人?'

陈副镇长说,'阿成是团山人。'

林镇长又重新坐正了身子,侧过脸来看了看郑书记,郑书记会意地点点头。林镇长把脸转向大家,'现在,我代表镇党委决定:一、阿成担任城外学校校长;二、其余十四位校长,必须都是团山或者团山附近地区的人,因为阿成就是团山人;三、撤销山枫龙水学校校长职务,就地监督教学。'

汪委会后又找到陈副镇长不解地问,'十五位校长都用团山人,排除了扁山人,这不让人说是拉山头搞团团伙伙吗?'

陈副镇长说,'这是遵照林镇长关于按地缘关系选用校长的指示执行的。'

林镇长刚好回自己办公室,路过他们身边,听到了汪委的疑问。他解释道,'按地缘关系选用校长,有利于我们镇政府对学校的领导。比如,团山人都听阿成的,阿成听镇政府的。扁山找不到像阿成这样的人才。不怪阿成常说团山出人才,扁山出茅柴。'

汪委大学专业是马克思主义哲学,听了林镇长的一席话,云里雾里,理论与实际,怎么有这样大的差别。

县政府完成了撤乡并镇后,对各镇中小学重新组合。文件要求每个镇设立一个中心初中、一个中心小学为法人单位。阿成看到这个文件后,找到林镇长,请求他将自己调到中心学校当校长、做法人。

林镇长心里想,我重新任命你当校长,已经看了不少人的脸色,你怎么得寸进尺?林镇长喝了口茶说,'我看你就在城外学校适合。谈谈你对办学有什么新的计划。'

阿成在林镇长办公室里自己倒了杯茶,坐在原来陈副镇长坐的那把椅子上说,'什么教育、教学的事,我从来不管。我主要是抓学校上一个科级单位,我要当一个科级校长。既然我不能来中心学校主持工作,我就想把城外学校先设立为一个法人单位'。

'设立法人单位是有条件的,你那学校条件够吗?'林镇长问道。

阿成说,'我城外学校现在虽然只有十三名学生,但它有发展空间。主要是有区位优势,离县城近。珍妃的曾孙女在北京石景山学校做后勤工作。我正准备和她联系,把我的城外学校办成北京市石景山分校。到那时,城内学校纷纷要求和我校合并,县里的干部都要把孩子送到我校读书。'

林镇长听了一惊,北京石景山学校可是名校。如果真的把城外学校办成北京石景山分校,那些教育专家轮流到校授课,将来这些受到优秀教育的孩子们前途无量啊。

林镇长心想,我的孩子也正在读书。到时叫阿成安排到专家班,也好让他多多照顾我的孩子,县官不如现管。

林镇长从真皮转椅上站起来,走到阿成面前,拍拍阿成的肩膀说,'阿成啊,你这个千里马,是我这个伯乐牵出来的。我非常支持你的做法。明天召开镇党委会,决定你校为法人单位,取消原半百老校法人单位。阿成校长和中心学校校长平起平坐。'

从此以后,教师集中开会,阿成要和中心学校校长并排坐在主席台中央,风光极了。"

曹凤抬头看了一下山枫墙上的挂钟,已是十点半了,说:"我的故事绕远了,讲山枫的故事,讲到阿成头上去了。"

紫衣毛领人站起来说:"阿成这家伙,长得和我一样,尖嘴猴腮还坐主席台,裤头子变汗衫子——还真混上去了。"

樊昌问:"听了故事,你们有什么感想?"

蓝平说:"山枫是个务实的人,我虽然有好感,但他有点愚;阿成虽然不干实事,但他会耍嘴皮子,得领导的喜。"

洛梅从张晟怀里坐起来说:"山枫的老婆移情别恋,就是他埋汰,不会张扬自己,领导把他当路边的砖,抛来抛去。阿成能把团山说成比珠穆朗玛峰还高,把死黄鳝往他怀里一放就翘尾巴,女人跟这样的人,在任何时代都不吃亏。"

张晟拧了一把洛梅的大腿,说:"你喜欢我,难道我就是阿成这样的人?"

洛梅又说:"不是你耍嘴皮子,把我耍进来的。"

张晟兴奋地拦腰抱着洛梅坐在自己的大腿上,说:"这样温暖。"

沙凤抬起手,用中指捋了捋鬓发,振了振精神,眼里绽放出姑娘所特有的光芒,说:"我的看法与你们不同,山枫能忍辱负重,自强不息;而阿成趋炎附势,藏实夸虚。这两个人,一个将是大浪淘过留下的金子,放着光芒;一个将被大浪淘沉海底,永无声息。我将来找老公,就找山枫这样的男人,我爱这样的男人。"

"不要什么爱来爱去的,时间不早了,快去洗刷睡觉。"荆棘花打断侄女沙凤的话说,"让男同胞先洗先睡。"

"这是为什么?"蓝平问。

"我们女人后洗安全,免得他们鬼鬼祟祟地偷窥。"荆棘花解释道。

男人们听从荆棘花的安排,胡乱地抹一下脸,袜也不脱,就横一个,竖一个地躺在沙发上,口气味、脚气味充满室内。

紫衣毛领人也没有洗刷,就独自溜到山枫的书房,关上门。

沙凤和蓝平回到山枫的卧室,关上门,还搬了把椅子撑住门,认为安全后,才睡在山枫的床上。荆棘花和曹凤也回到山枫的小客房安顿去了。

唯有洛梅最后,她要等人人都睡下,洗把澡再上床。她推开山枫洗澡间的毛玻璃门,打开电热风,放出热水。

洛梅生活在农村,家里有两辆八轮大货车跑运输,这几年收入可观。正准备在城里买房时,丈夫患了尿毒症,所以在城里买房子的事缓了下来。农村的家里又没有安装热水器,冬天洗澡很不方便,便趁机在山枫家浴室里洗把澡过年。

这时夜已深,紫衣毛领人在山枫的书房里并没有睡觉。他推开山枫的衣橱门,先拿出一件淡灰色羊毛拉链衫,试穿一下,上下牵牵。因山枫个头高,紫衣毛领人不管穿哪件,都太长了。虽然长一点,但都是纯羊毛的,还有纯羊绒的。紫衣毛领人想,长就长点吧。有些女孩子,还特意买长到屁股的羊毛衫穿,也显得十分漂亮。

尤其是山枫的那件皮草,紫衣毛领人穿在身上,就像五六十年代流行的二五大衣。这是过去的流行,现在的回潮。他想,也许我走在街上能引起

更多人的回忆,带动服装行业的峰回路转。

他又穿上山枫的棕色牛皮鞋,这是山枫准备过年时穿的,还未下过地。他垫了三双鞋垫,还有点大。穿上山枫的衣服和皮鞋后,他又把自己的紫毛衣和一双满是褶皱的、毫无光泽的皮鞋藏在衣橱里,轻轻地打开房门,看看大家是不是都睡着了,准备趁夜深人静溜回家。

房间里一片安静,只有浴室还传来些微的水声,紫衣毛领人也顾不上那么多,蹑手蹑脚地走出书房门,来到门口,又轻轻地开个门缝溜出去了。

他一人踏着白雪来到籍山大道,看着两排橘黄色的路灯光伸向戴公山,就像仪仗队在迎接着他,心里特别高兴。今天的浑水摸鱼,摸得这条大"鱼",他看看衣服和鞋也价值几千,真是神不知鬼不觉,就连公安局也找不到我这条混在浑水中的鱼。他转身来到西门口,吃了夜宵,然后一路小调消失在白雪之中。

沙凤师范大学毕业,已应聘当了教师,决心靠勤勤恳恳的劳动来创造幸福生活,因为劳动是高尚的、是光荣的。春节放假来看望姨父和姨妈,知道姨妈荆棘花被人邀约加入了什么"连锁销售",也叫民间的"资本运作",现已被政府定性为"传销"。姨妈是个要强的人,认为自己被骗了,面子上过不去。再加上姨妈的致富欲望非常强烈,一旦破灭,她会疯的。她和樊昌、张晟、吴道等约了几十号人,撬门入室来到山枫家讨个说法。姨父让她跟在姨妈身边,一是注意姨妈的安全,二是不让姨妈做出什么过激行为。

沙凤靠在山枫的床上,对于自己房间外的事,没有察觉。她在回味着山枫的故事,也在思考着两个问题。一是什么是"连锁销售"。她上网查了有关资料,尤其是看了中央电视台播出的揭露"连锁销售"的节目,对这个行业有了初步了解。

另一个问题是,山枫怎么也进入了这个误区?问姨妈,她也不知道。她说至今也不认识山枫这个人,是吴亮指认他家的。

沙凤从曹凤讲的故事中,对山枫能够忍辱负重、自强不息的品格已有所了解。

于是，沙凤拿起山枫的诗集《云开万里》阅读起来，想从中更进一步地了解其人。因为"人如其诗，诗如其人。"

诗集正如樊昌的评价，是有价值的。诗集内容上至五千年前盘古开天辟地，下至北京第一次举办奥运会。中国从落后走向繁荣的每个历史转折点，就像一颗颗玉珠。诗人以历史为线，以诗为珠把它们串联起来，闪闪发光。商鞅变法的创新、毛泽东以农村包围城市的创新，邓小平中国特色社会主义的创新，给中华民族带来了统一、复兴和富强。

诗集中还记录了中国历史上的三个"第一"。

敢问苍穹

横空万里看天下，玉宇千秋我已来。
突兀乾坤寻旧影，婆娑河岳展新台。
相邀星月举杯酒，共赋诗词颂霸才。
敢问苍穹留几客，恭迎华夏户门开。

这是中国载人航天飞行器第一次上太空，千千万万中国人为"神舟"五号发射成功而骄傲和自豪。航天员杨利伟乘坐"神舟"五号飞船一飞冲天，它向人们展示的，是中国日益雄厚的科技实力和综合国力；它向世界传达的，是一个古老而又年轻的东方民族迸发出的活力和升腾发展之势。

永远告别农业税

今挑千担笑开颜，百谷丰收税赋删。
田受春秋锄带月，租催青穗日沉山。
衣衫褴褛人憔悴，村落凄凉鸦涕潸。
弹指一挥生巨变，频频把酒举庭间。

这首诗记叙了中国作为农业大国，第一次取消农业税。这是对农村税收制度的一大飞跃，是一项划时代意义的改革，是一场继土地改革和家庭联产承包责任制之后的第三次真正意义上的伟大土地革命，它标志着我国结束了几千年按田亩、产量、人丁向农民征收农业税的历史。

大眼睛姑娘
明眸一闪惊天下，肩背书包无纸张。
水聚梅山千里外，东风未及到寒乡。

这首诗是描写大眼睛安徽姑娘苏明娟读书时遇到的困境。1986年，我们这个人口众多的大国开始实施义务教育，这是我国教育史上的一个重要里程碑。

山枫是个热爱祖国的人，为祖国的每一点发展和进步鼓舞欢呼。为了弘扬社会主义核心价值观，他以古今的先进人物为榜样，作诗歌颂。如其中之一：

敬业奉献
一生敬业苦为乐，奉献才能美德昭。
赴蹈泥汤高塔起，奔忙荒楚赤心遥。
湘江探索驱饥患，绿海拼争任汗淘。
诗咏无私兴大业，送来春色舞莺娇。

铁人王进喜的钻井队千里迢迢奔赴到一个荒芜的地方，面临无公路、无住所等难以想象的困难，艰苦作业竖起了油塔。"杂交水稻"之父袁隆平，看到因饥患而死去的群众，一种强烈的责任感袭上心头，立志用先进的农业科学技术战胜饥荒。山枫认为敬业是对职业行为的价值评价，忠于职守、克己奉公、服务人民、服务社会，充分体现了社会主义职业精神。

山枫的故事也透视出这一基本理念，并付诸行动。他对祖国的未来充满希望。他在诗集的最后一章写道：

风好正是扬帆时

航程壮阔驾雄风，已过云山千万重。

笑傲征帆奔大海，浪花卷日激流中。

千载难逢的历史机遇就在眼前，只要中国这条经过大风大浪的巨轮坚持正确航向，就能融入世界这个大海发展自己，就能实现中华民族的伟大复兴。

沙凤看完诗集，心中久久不能平静。作为一个爱国青年，她从山枫的诗集里受到了激励，受到了鼓舞。

沙凤看了看手表，已凌晨两点，顿时感觉疲劳袭来，脱衣躺在山枫的被窝里，把诗集放在那飘逸的长发下。忽然，她变成一只金凤凰，展翅飞向太阳升起的地方，迎面一棵擎天大枫树，张开枝叶把她抱入怀中。

又砸爱神维纳斯
怒毁中华古文化
第七章

天虽然亮了，但天空还是灰蒙蒙的，偶尔还飘着雪花。山枫家的四台空调，日夜不停地转动着，再加上人多散发的热量又大，睡在沙发上的人，并不感觉到冷，仍然酣睡着。曹凤、荆棘花要回家送孙子上学，天一亮就起来洗漱。然后把山枫家过年的面和鸡蛋拿出来，每碗面条加三个鸡蛋，先起先吃，分批进行。昨晚回家住的人，早上也赶来就餐。

二百五十个鸡蛋，二十五斤面条吃完之后，张晟发现紫衣毛领人不在，洛梅去书房也找不到。刘水拉开衣橱门，发现山枫的衣架空了几个，新皮鞋盒也是空的。紫衣毛领人的紫衣毛领和那双旧皮鞋丢在衣橱里。这时，大家都清楚了。刘水心里不平衡了，嘴里嘀咕着："你拿，我也拿，不拿白不拿。"于是，就从内脱到外，换上紫衣毛领人没拿的羊毛衫和羽绒衫。

曹凤手快，拿起笔记本电脑说："山枫的衣服，我们女的不能穿，这个带回家，给我孙子上学用。"

洛梅突然转身来到山枫的房间，推开山枫妻子的衣橱，拿出女士皮草穿在自己的身上。蓝平也跟着进来，抢了一件女士羽绒衫穿起来。

洛梅穿着皮草，边拉着拉链，边跑出来对张晟说："你也拿一样东西，就把小客房的台式电脑搬回家。"

于是，张晟迅速地把那台电脑拆下，搬到屋外，叫了个踩三轮的送回家。

赤金看看鞋橱里，还有山枫的一双名牌皮鞋，于是把它装入摩托车后备箱里。

吴道无动于衷，摆出一副正人君子的形象，看着大家拿着各自所爱的东西。只有付石知道他在神不知鬼不觉的时候，早已把数码相机收入囊中。

荆棘花也想拿个什么东西留作纪念，被沙凤阻止了。沙凤说："私闯民宅，又拿人家物品，实际上这是盗抢，是要负刑事责任的。"

吴道说："法不责众，我们又是'道'上的人，谁都不说，公安什么也查不出来。这真是'不拿白不拿'。"

樊昌是个外县人，在这里不敢贸然行动。他只把自己的玻璃保温杯换成了山枫的紫砂保温杯。

该拿的拿了，该穿的穿了。"你们翻一翻，找一找，山枫的钱放在哪里，我们明天就没有伙食费了。"荆棘花面带忧虑地说。

樊昌就具体怎么翻找，作了部署："张晟为第一组组长，负责山枫书房；刘水为第二组组长，负责山枫的卧室；付石为第三组组长，负责山枫的小客房；吴道为第四组组长，负责山枫的客厅；赤金为第五组组长，负责山枫的书法室和洗手间。同时，宣布一条纪律——凡是黄金首饰、钱币之类，归集体所有；凡是物品，谁喜欢谁拿。"

吴道说："你们翻找到山枫的房产证，给我。以后，这套房子就属于我了。我看自己财力给大家分点钱。"

荆棘花说："曹凤、洛梅、蓝平，我们也不能闲着，抓紧时间准备烧午饭。下午还有另外行动。"

刘水指挥第一组人员，先把被子从头到脚仔细地捏一遍，小魏几乎把被子抱在怀里，从被头捏到被尾，才失望地向组长摇摇头。组长说："帮我掀起席梦思，翻找床下，再剪开席梦思，打开衣橱，每件旧衣服都翻找一遍。"干完这些后，第一组正式汇报：一无所获。

张晟亲自动手，在山枫衣橱的抽屉里翻找到房产证，背对着其他人揣到怀里。这怎么可能给你吴道呢？他心里乐了，这房子以后就属于我的了。

他立即宣布："大家都停下来，都是废纸破书，没有必要去费力了。"于是第二组也汇报：一无所获。

赤金率领的第五组，翻找的最为仔细。赤金领头翻找洗手间，几乎将头

插进抽水马桶里,翻看着马桶盖。也正式宣布:一无收获。

接连两组也汇报:一无所获。

这时,大家也累坏了,都坐下来,喝水的喝水,抽烟的抽烟。

樊昌跟荆棘花商量说:"我们的动静是不是再弄得大一点,迫使山枫回家,迫使政府介入来帮助我们。我们已经拿了、翻了。这个山枫还沉得住气,下一步,我们该怎么办?"

"砸!"吴道毫不犹豫地说。

樊昌犹豫了,他说:"拿了,任凭山枫怎么说,拿了什么,拿了多少,也没有人给山枫证明,那些都是私人物品,别人也不知道,我们也不会承认。谁拿得多,谁拿得有价值,谁走运。公安没有办法查证,也没办法给我们定什么罪。这一点大家放心。翻了,那就更证明不了什么。我们就说山枫的妻子不会收拾,物品乱丢乱放。至于砸,这后果谁能挑得动……"

张晟说:"具体怎么砸,按照翻的办法,要有组织地进行。我建议在座的每人砸一样东西。到时公安追查时,都说自己砸的。法不责众,公安又没办法。"

荆棘花说:"张晟这个主意好,我听章奋说,他们年轻时,要想找人家的罪证,只有抄家。他还说,你们要想找到山枫的钱和证据,只有撬他的门,抄他的家。今天我们砸了山枫家,到时,我找章奋到有关部门活动活动,肯定能博得同情。在这里,我敢断言山枫家的东西拿了砸了,都是白拿白砸。大家都不会受到任何处理。"

吴道说:"就按刚才分的小组,分头进行,大家有没有意见?"大家都说没意见,就这么干。

樊昌说:"我看可以按原组行动,但从第四组吴道开始,做个示范,先砸什么,吴道决定。"

这时已近晌午,曹凤、洛梅、蓝平已把午饭准备好。

荆棘花说:"我们先吃过中饭再干,有力气。"

刘水又要喝酒。

张晟说:"就剩两瓶半了,留着晚上喝,好睡觉。"想喝酒的人听了,也只好吃饭了。

山枫从黄山带回个檀树疙瘩,这个疙瘩底部有三个根岔开作脚,高二十公分,顶部圆而像花盆,所以作花盆用。

吴道吃过饭,边抽烟边思索着,我这第一"砸"是具有历史意义的,所砸的对象,也必须是世界闻名的。他坐在沙发上,目光向前一扫,眼前一亮:维纳斯。他站起身,两步走到维纳斯像边,顺手抄起摆在维纳斯身旁的檀树疙瘩,抓住一只脚,砸向维纳斯。"哗———"地一声,这个善良美丽的女神维纳斯被一个嫉妒成性的人砸成一堆碎片。

这一声虽不是巨响,但它足以打破春节将临的平静。邻居丁大姐闻声过来一看,大吃一惊,赶忙寻找山枫。山枫不在家,她发现事不寻常,立即向公安局报警。同时,市公安局也接到了山枫的报警。

接着,吴道又开始第二"砸"。他想这一砸也同样具有影响力,砸的对象必须是中国闻名的。他举起檀树疙瘩毫不犹豫地砸向"兰亭序"瓷筒。中国文化,老祖宗传承的东西,也被这个嫉妒成性的人毁灭了。

辖区派出所章所长带领一队干警,迅速赶到山枫家。章所长进门一看,满屋是人。吴道拿着檀树疙瘩站在两堆碎片旁,一副英雄气概。章所长立即把有关情况报告给县公安局张局长。

张局长问:"进入山枫家是些什么人?"

"都是在马岭河大峡谷淘金淘疯了的人。"章所长汇报说。

张局长立即指示:"一、稳住局面,确保所有人安全;二、确保山枫家财产不再受破坏;三、组织对话,认真听取对方的诉求;四、派警员轮流值班,注视事态的变化。事态若有蔓延升级的趋势,立即汇报。"

为了春节期间的社会稳定,汪副县长来到公安局坐镇指挥,要把不安定因素扼杀在萌芽之中。

章所长按照张局长的指示，先派三名民警锁好三个房门，并守住房门，不让山枫的财产再受损失。自己走向吴道，拿下檀树疙瘩，说："立即停止你们的违法行为，把你们领头的找来，交代你们的问题。"

张晟看只来了几个警察，力量对比太悬殊了。于是付石，刘水、赤金等十几人把章所长和几名守门的警察你推我搡到客厅沙发上坐下。

刘水见房门被锁，接过吴道的檀树疙瘩，"哐哐哐"接连几十下，把三道房门各砸一个洞，跟来的人把手从洞里伸过去，又把房门打开。

荆棘花盛气凌人，面对章所长说："你看，我们敢翻江倒海，提出的条件必须达到。一、山枫的房子归我们所有；二、山枫的车子归我们所有；三、山枫银行的所有存款归我们所有；四、山枫的工资归我们拿。"

"第五，判山枫十年徒刑。"吴道补充一条。

樊昌说："真的判了十年，他的工资我们就拿不到啦，就判三缓四吧。"大家都举手同意，并表示不达条件，绝不罢休。

章所长冷静地解释道："你们的心情，我是理解的。但你们提出的条件，已经超越了法律的范围……"

话还没说完，就听书房里"哗——哗——哗——"，三扇书橱玻璃门被檀树疙瘩砸碎了。这是第一组张晟派人砸的，目的是向章所长示威。警察小李想冲出包围圈去阻止，洛梅上前用身子挡住了他。

"大家先不要激动，冷静冷静。关于山枫的事，后果是严重的。我们也在收集他的犯罪证据，一旦证据确凿，他将受到严惩。你们放心，我们法律部门绝不放过一个坏人，也不冤枉一个好人。"

曹凤带有煽动性地说："我们就现在要求章所长答应条件，大家看好不好？"

章所长面带难色，说："我答复，也要在法律框架内。我们是要向人民负责的，我们现在是依法治国……"

话还没有说完，又听见书房里传来"哗——哗——"两声。这还是第一组张晟派人用檀树疙瘩砸了山枫书房里两扇衣橱玻璃门。这是第二次向章所长示威。

　　章所长心里想，事态比我们想象的还要复杂得多。张局长的指示，不但不能落实，还在继续恶化。他想掏出手机向局长汇报一下这里的情况。还没等手插进口袋，就被洛梅抓住了。而身边的人，一个也出去不了，没办法和外界联系。

腊月二十八的天,雪覆大地,虽然寒风刺骨,但人们准备过春节的气氛仍然热烈。今年的年过得特别,再过一天,腊月二十九就是除夕。

屋里人坐不住了,家里老的小的都等着回家过年。出来之前,家里人也都劝导不要瞎闹,毕竟是自己认定的行为。山枫犯法,有党纪国法处理。

他们哪里能听得见家人劝,既然闹了,就要闹个盆满钵满回家。虽然山枫家的东西都拿完了,但这远远不够。别说章所长带警察来了,就是公安局长带特警来,也奈何不了我们。

夜幕降临了,荆棘花、曹凤、洛梅把山枫家所有能吃的东西都用上了,吃了这一顿也就没有下顿了。他们心里更是着急。

"章所长,我们一起吃晚饭吧。"曹凤邀请道。"我们所长有安排。"警察小李边说边转身想拉所长出去吃饭,又被门口人堵住。

樊昌对章所长说:"我们这里的饭你们不吃,那你自己掏钱,付石,你帮他们去买盒饭。"

章所长吃完盒饭坐了下来,心想:今天晚上不走了,就算是我值班吧。跟随的几个警察只能围坐在所长身边,寸步不离。

章所长问荆棘花:"你认识山枫吗?就是认识,又是怎么认识的?"刘水说:"我们都不认识他,是听吴亮说的,也刚刚从他家照片上认识的。""你们上下那么多人家不去闹,为什么到他家瞎折腾?"章所长又问。

荆棘花说:"我们听吴亮说,山枫这个家伙,就去马岭河大峡谷转了一圈,那里的黄金就被他淘了一半。风没吹,雨没淋,还长得白生生回家。吴亮拿他做比方,也要我们去淘。但要拿入股费,收入是入股费的几百倍。"

"又听吴亮说,山枫最近正在寻找哪个厂生产的飞机安全可靠,质量能超越神舟五号。山枫准备买一架自己开,专飞西山到马岭河大峡谷。"吴道抢过话头说。

洛梅说:"吴亮告诉我们,山枫有了钱,把他老婆送到韩国,花了二十五万,隆了额头、隆了胸,还拔高十公分。吴亮说他老婆以前没有我高,也不如我漂亮。现在就像年轻的章子怡,胜我几十倍。"

张晟指了指荆棘花身边的沙凤说:"这个小丫头,跟我们来到这里,从她说话的字里行间,都在帮着山枫。表面上爱山枫什么自强不息,诗风儒雅。实际就是爱山枫在马岭河大峡谷淘的金。早晚这个小丫头要变成山枫的小三。"

沙凤听了后,仗着姨妈,狠狠地踢了张晟一脚。

"就是因为吴亮对山枫的介绍,我们跟风跟到那个大峡谷。谁知这个马岭河大峡谷被山枫他们淘金淘的太深了。地理专家一看,不能再淘了。如果再淘,就把地球淘穿了。到时候海水灌进来,我们的村子要整个被淹了,我们的入股费也要泡汤了。"付石气愤地胡言乱语。

樊昌说:"章所长,你看我们的损失,不找山枫找谁?"

章所长耐心地和他们交流:"山枫没有直接和你们交往,你们只是间接听说而已。我们公安执法是讲证据的。'以事实为依据,法律为准绳',这大家都知道。你们拿出有力证据,我们立即将山枫绳之以法,还你们一个公道。"

吴道连忙从羽绒服内衣口袋里掏出一张纸条递给章所长说:"这是马各向山枫借钱买车的借条,这就是有力证据。因为马各也去马岭河大峡谷淘过金。"

这张马各的借条,是吴道从山枫电脑桌上拿数码相机时发现的。他准备去找马各,说这笔钱是山枫用来还他自己的损失。他仔细一想,马各患肾萎缩,这笔钱怕是很难要到。不如拿出来做证据,逮捕山枫。

章所长接过借条一看，没敢摇头，只是沉默不语。

樊昌说："证据已经有了，看来章所长还是有偏袒，不想解决问题。"话刚落音，就传来"哗——哗——"两声，山枫客房的两扇玻璃衣橱门被付石用檀树疙瘩砸个粉碎。这声音打破了宛城小区夜晚的宁静，楼上楼下的邻居都惊醒了，孩子在睡梦中被吓哭了。

章所长心里想，这些家伙还在向我示威，要暂且稳定一下局势。他对大家说："大家不要急，这张借条可以作证据，只要山枫说不出钱的正当来源。等天亮，报告局长，明天上网追查山枫。"

时间已是凌晨了，来的人已折腾了一天，个个都累了，还是按照原先的安排，能睡的睡下，能靠的找个地方靠着打个盹。章所长他们就靠在沙发上闭着眼睛休息。

沙凤还是睡在山枫的房间里，房门已被砸个大洞，藏獒都能钻进来。她和蓝平搬来四把椅子，堵住门。好歹今晚有警察在这里，也就放心地又钻进山枫的被窝里。

蓝平一上床，就呼呼地睡着了。沙凤一闭眼，白天那些人拿、翻、砸的情景在脑海里翻腾。她仿佛看见是山枫戴着手铐，站在那棵大枫树下，任雪飘在他那蓬卷的头发上、身上。春节了，有家不能归。一种特殊的情感油然而生，她不由自主地走上前，给他披上风衣，撑起伞……

风停了，雪停了，早晨太阳出来了。这是即将过去一年的最后一个太阳，它铆足了劲，绽放着红光，仿佛是让人们记住它过去的光芒。

今天是除夕，要让全县人民过一个安定祥和之年。公安局张局长早早来到办公室，布置好全县治安巡逻工作。他想起章所长昨天去山枫家处理那些在马岭河大峡谷淘金淘疯了的人，便提起电话拨打章所长手机，却是无人接听，又拨打其办公室电话，也无人接听。再拨打章所长跟班的几个民警手机，也无人接听。"失联了，章所长他们失联了。"张局长已觉察到事态的严重性，拿起电话将此情况报告了汪副县长。

汪副县长在接到张局长关于章所长的失联报告后，立即指示张局长派民警赶往山枫家侦查情况，并迅速反馈信息、研究对策，保一方安定。

在公安局会议室里，一个名为"安定除夕"的指挥部成立了。汪副县长为组长，张局长、盛副局长、陈副局长为副组长。

这时，侦查员从山枫家传来报告："章所长和几个警员被荆棘花、樊昌、张晟这上百号淘金淘疯了的人堵在山枫家里。"

指挥部里，汪副县长指示："在确保双方人员安全的前提下，逮捕闯入者。"

张局长作了具体战略部署："盛副局长带领刑警队，陈副局长集中八个城镇派出所警力，我马上通知巡防大队同时赶赴山枫家，并把所有警车开赴现场。'淘金'人要一个不留地带上警车，送往警察局接受调查。"

县公安局巡防大队，按路分组，全城覆盖，全天候巡逻。当孙队长正在籍山路巡逻时，接到张局长的指示，立即通知所有巡逻队员在宛城小区集中。他们第一个赶到山枫家，与章所长会合。

孙队长一进门，山枫的屋里一片狼藉。荆棘花，樊昌、张晟等人都在排队捞面条。趁房间人都出来吃早餐，章所长指挥着几个警员将山枫床上的席梦思抬出来，堵住房门，不让他们再进入房间。

荆棘花等人发现有新的警察进门，又发现章所长在堵房门，她们沉不住气了，拉的拉、扯的扯，拿出这帮女人特有的疯狂，将章所长他们挤到一边，钻进山枫的书房，拿出山枫的衣服，挥舞着剪刀一阵乱剪。

洛梅边剪边像疯了一样喊着："我让你山枫赤身裸体！我让你山枫赤身裸体！"蓝平又端来水，将房间的衣服、被子全都泼上水，边泼边喊："让你房间变为洗澡池！让你山枫好洗澡！"

樊昌、张晟、吴道等人，看到窗外几十辆警车开进宛城小区，武警、特警、巡逻警都携带装备，包围了山枫所住的八号楼。

汪副县长把"安定除夕"的指挥部，也转移到宛城小区物业办公室里。

张局长在现场指挥着："盛副局长带领刑警大队，守住宛城小区北大门；陈副局长带领各派出所民警守住西大门；巡防大队孙队长带领巡警率先进入山枫的住宅，让他们清场，各警队准备支援。"

这时，只有女人在虚张声势，而男人都在空喊："不逮捕山枫，不答应条件，绝不退出！"

章所长还是很平静地说："樊昌、张晟、吴道你们立即带头撤出。"

孙队长发出指令："限定你们在十分钟之内，全部撤出。"

洛梅见有这么多警察，拿出女人看家的本领，就地打起滚来，边滚边喊："山枫你有钱，藏在哪里……"

见张晟他们还没有动静。孙队长又发出第二道指令："限定你们在三分钟之内撤出。"

孙队长和章所长立即商议，所有警员站成双排道，守住出口，每两个警员进屋控制一个，下楼送上警车，后面跟进。外面有各警队队长负责接应。

孙队长看时间已到，迅速拉掉电源总闸，开始清场。樊昌、张晟、吴道最先被两个民警架出场。最后，只剩下洛梅还摊在地上，不肯出去，被章所长抓住双脚、孙队长抓住双手抬了出来。她的披肩长发像一把扫帚，从山枫家的楼上一路扫到警车上。章所长知道沙凤的来意，简单地笔录后便让她回家了。

沙凤走在回家的路上心里想，这些人的欲望已在过度释放，形成了一股破坏的力量，这就不再仅仅是对自己存在的肯定，会进而否定别人的生存。过度放纵欲望是愚蠢的，这些人包括姨妈在内，都不能理智地调控与节制欲望，他们也践踏了文明。

一个金色的秋天，山枫第一次从南京坐飞机去贵阳，心情又激动又好奇。这次旅行，是受以前朋友阿俊的邀请。这个阿俊心比天高，想做生意发大财。改革开放以后，他说要自己创业，离开家乡后与山枫就没了联系，最近突然又联系上山枫，还十分热络，没聊几句就邀请山枫来贵州游玩。贵州的山水在阿俊的描述下十分迷人，山枫也想出去采采风给自己的诗找点灵感，便答应了阿俊的邀请。凌晨三点，山枫就坐上出租车从西山出发，赶往南京禄口机场，七点四十准时坐上飞机。飞机从站口滑行到跑道上，开始加速起飞。当飞机离开地面上升时，山枫感觉自己的心脏也被提起。山枫正好坐在飞机的窗口边，随着飞机的高度不断提升，地面山水村庄的景色，就像摄影机镜头里的风景被越拉越远。

飞机升上高空后，调整好方向飞向西南。山枫真像孙悟空一样，第一次冲上蓝天，踏上白云。抬手拦眉一看，好一副变幻莫测的景色：蓝天如大地、如大海；白云如城堡、如山川。飞机就像一辆公交车在其中穿行。阳光照射在云层上，折射出不同层次的金色光芒。

飞机穿过云层，越过九华山、庐山、岳麓山直达贵阳。

当年李白从白帝城乘舟沿长江到江陵时，作了：

早发白帝城

朝辞白帝彩云间，千里江陵一日还。

两岸猿声啼不住，轻舟已过万重山。

白帝城距江陵六百公里，其中有三百五十公里水路，就算水流湍急、顺流而下，一日也很难到达江陵。如果李白那时坐的是飞机，不知他又会写出什么样夸张的诗句来！

山枫坐了飞机了，他也写了一首诗，是步李白韵的，想让李白看看坐飞机有多快：

贵阳行

贵阳有约万峰间，朝起江城何日还。

脚踏彩云茶未冷，人攀黄果树千山。

南京距贵阳有两千多公里，何时能到达？泡的茶还没有冷，飞机就到达了贵阳的黄果树，这也算夸张吧。

飞机到达贵阳上空时，乌云在脚底涌动。山枫一到这里就没有太阳，认为这就是"贵阳"名字的由来。其实不完全是，是因为贵阳城建在贵山的南边，古称"山北为阴，山南为阳"，所以叫"贵阳"。

下午，山枫坐上去马岭河的大巴，沿途都是盘山公路，坝陵河特大悬索桥正在建设。临近马岭河，说是高速，实际上就是二级公路，开车时速只能达到六七十码。

山枫是赶在太阳升起前到贵阳，结果太阳到了华盛顿，他们才到马岭河。

到达目的地，阿俊热情地接待了他。第二天，阿俊带领山枫游览了马岭河大峡谷。马岭河大峡谷被誉为"地球上一道美丽的疤痕"。传说这个疤痕就是孙悟空用金箍棒划的。当时西海龙王三太子敖烈，因纵火烧毁玉帝赏赐的明珠而触犯天条，后因南海观世音菩萨出面才免于死罪，被贬到蛇盘山。这个西海龙王三太子，经常离开蛇盘山到白果岭偷白果吃。他发现白果岭边有一条清水河，深而清澈。他又发现河边的马岭寨有许多美丽的姑娘，每天早上都到河边浣纱织布。

这个三太子，乐不思蜀。每天上了白果岭吃了白果，然后又来到清水河里,藏在荷叶下看马岭寨姑娘们浣纱。

有一天,他眼前一亮,看见一个十八九岁的姑娘往河边走来,身材高挑,玲珑有致,步态又是那么轻盈,笑容又是那么可掬,歌声又是那么甜美。

那姑娘来到河边,蹲下身来,一膝着地,另外的膝盖撑起长裙,犹如一朵荷花开在河边,绿叶衬托着红花,花瓣呼应着花蕊。三太子看呆了,她撩起的哪是河水,那是玉液琼浆。人和水都是那样晶莹剔透。西王宫里哪有这样的美女啊!

三太子立即派随从海虾去打探,她是哪家女儿。一会儿,海虾回报:"她是当地县老太爷安龙的独生女安苗,家就住在清水河边的马岭寨。"

三太子控制不住自己激动的心情,腾空而起,抖干身上的河水,作了三次深呼吸。一呼变为潘安貌;二呼金甲披身;三呼声如洪钟。这些变化,姑娘安苗都看不见,只感到一阵腥风吹来,顿时晕了。等她醒来时,她已被三太子抱在怀里。

安苗发现自己躺在一个男人的怀里,羞愧难当,挣扎着要下来。三太子越抱越紧,并说:"我要向安老爷求亲和你结婚。""你是哪方强盗,在这里抢人,我是不会嫁给你这样强盗的,坏了我的名声。"安苗说着,又捶他胸,又拧他胳膊。

三太子抱着安苗姑娘走进寨子,全寨的人都走出家门看着。安苗只好用双手捂着脸,有时从指缝里看到寨子里的小伙子投来鄙视的眼光,姑娘们用手指着向她羞着脸,甚至还听到老人说:"伤风败俗。"

全寨子的老小都跟在后面,来到安龙老爷家门口。安龙老爷见自己还没有出嫁的姑娘被一个不认识的小伙子当着全寨子人的面抱在怀里,跺着脚说:"真是造孽! 造孽啊!"老太太在安龙夫人的搀扶下也走出安府大门,拐杖直敲石阶对着三太子喊道:"快放下我孙女,快放下我孙女。"

三太子还抱着安苗姑娘,跪在安龙老爷、老太太和夫人面前说:"老太太、老爷、夫人,把安苗嫁给我吧,全寨子的父老乡亲都是我的证婚人。"

老太太急忙上前对三太子说："快进屋,快进屋。"夫人吩咐家丁把小姐从三太子怀里扶起,送入闺房,家人随后关上了大门。

寨子里人都各自回了家。尤其是寨子里的小伙子垂头丧气,都懊恼自己胆子太小了,下手迟了,日夜爱慕的姑娘被别人抢先了,回家的脚都拖不起来。

安龙老爷进屋坐在客厅的八仙桌一边,气得举着大烟袋,一口一口地吸着闷烟不说话。安老太太坐在八仙桌的另一边,夫人站在老太太身边。老太太问道:"你是哪里人氏?竟敢如此大胆,到这里冒昧求亲?"

三太子又跪下抱手合拳,举过眉头说:"禀报老爷、老太太,夫人,我本是西海龙王三太子敖烈,被贬到蛇盘山,经常到白果岭偷白果吃,后又下清水河嬉戏,偶尔遇见安苗姑娘在河边浣纱。她美若天仙,使我日不思食。我不想回蛇盘山,就想在这里安家。"

老太太听了一惊,西海龙王的夫人,原来就是老太太的一个远房姨表妹的侄女。这孩子,理起来跟我们安家还是亲戚,与安苗是同辈。老太太心中暗喜。安龙老爷却不同意这门亲事,哪有这样求亲的,先抱后求亲,这是抢人家姑娘,败坏了我们家名声。

一个时辰过去了,三太子还跪在那里,这个家伙为了娶到安苗姑娘,放下性子,愿意跪着走路。今天老爷不答应,他就跪着不起来了。

老太太有点心疼了,对老爷说:"这孩子,和我们安家还沾亲带故,安苗与他同辈,以表亲相称。因为他爱安苗心切,做法有点过急,可以原谅的。"

夫人说:"老太太说了,这三太子与我们家还有亲戚关系,不如就来个顺水推舟吧。姑娘嫁给谁都是嫁。再说了,他把露胳膊露腿的姑娘抱着穿寨过,全寨人都看见了,以后哪家还敢要我家姑娘啊。"

安龙老爷听了老太太和夫人的话后,磕磕烟袋,背着手走向了书房。老太太赶紧吩咐家人把三太子扶起来,告诉他老爷同意了。

安龙老爷和老太太、夫人商议决定三天后成亲。三太子连忙派海虾沿着清水河,经万峰湖游到西海,请自己的父亲西海龙王携母亲来参加婚礼。

安苗姑娘和三太子结婚后,很快就怀孕了。一百年后的一天,安苗生下了双胞胎龙子。三太子分别取名为兴仁和兴义。希望他们将来做个"大忠大爱""大孝大勇"之人。谁知,这兄弟俩一出生奶量特别大,安苗的乳汁远远不能满足。

有一天,唐僧取经路过清水河,在河边饮马休息。孙悟空去万福寺化斋,猪八戒想去白果岭找白果。孙悟空说:"白果岭的白果,早已被西海龙王三太子独收囊中,你还是去万峰林找野果。"清水河边只剩下沙和尚守着师父唐僧。唐僧的小白马独自在河边吃草饮水。

三太子看到小白马膘肥体壮,他想起安苗缺少奶水,把这小白马杀了,给安苗吃了,那要增加多少奶水啊。他趁唐僧和沙和尚在打盹的时候,真的把小白马牵回安府杀了。

孙悟空化斋回到师父身边,没看见小白马,问沙和尚。沙和尚刚才和师父在打盹,也没看见小白马去了哪儿。这时猪八戒找野果也回来了。孙悟空和八戒沿着河边去找小白马。他们沿着小河找到马岭寨,看到了小白马的脚印,又沿着脚印找到了安府家门口,发现小白马的脚印走侧门进入他家的院子。

孙悟空用金箍棒敲了敲安府的大门环,安府家丁开了门。安龙老爷走上前问:"你们有何贵干啊?"八戒上前,把钉耙往老爷面前一踩说:"还我们的小白马!"安龙老爷丈二和尚摸不着头脑。但他早已听说唐僧去西天取经,要从这里过。眼前这两个和尚不是本地的,可能是唐僧的徒弟,连忙吩咐家人上茶让座,并客气地说:"这到底是咋回事啊?"孙悟空说:"老头,你不要装傻。我们的小白马被你家偷了。"老爷问身边的家人,都说不知道。他对孙悟空说:"我们安府是官宦之家,我们是积德行善之人,怎么可能做出这样的事呢。不信你们自己去院子里找。"老爷话音未落,孙悟空和猪八戒就跳入安府的前院、中院、后院搜个遍。最后在三太子夫妇的后院搜到

了。小白马刚被杀死,铁证如山,安龙老爷气得脸都青了,问家人是谁干的。夫人说:"不是你女婿又是谁。"孙悟空急忙问:"你家女婿是谁?"老太太说:"他是我家远房亲戚,西海龙王的三太子敖烈。"猪八戒嫉妒地说:"这个家伙不在蛇盘山修行,跑到这里来娶妻生子,享着温柔福。"孙悟空气愤地抓住安龙老爷问:"老儿,你把他交出来。"但家人都不知道三太子现在在哪里。

百帝高挂画廊中
推折黔西此缝生
第十章

话说安苗站在一旁,听说自己的夫君为了自己,为了兴仁、兴义杀了唐僧的小白马,泪如泉涌。她知道,夫君杀了佛家的马,一定会得到报应的。安苗对孙悟空和猪八戒说:"我们先把小白马安葬了,我带你们去白果岭找三太子。"八戒抬眼一看安苗比他在高老庄娶的高小姐要漂亮,漂亮得让猪八戒合不了嘴,闭不了眼。孙悟空看他又迷女色,猛地一棒扫在他的小腿肚上,八戒一个跟跄趴在小白马的身上,正好对上小白马的嘴,重重地亲了一下。八戒爬起来,只是埋怨猴哥没有把他打趴到安苗身上,也和她亲个嘴,那该有多幸福啊。安苗吩咐两个家丁抬小白马的屁股,猪八戒扛着小白马的头,安葬在马岭寨的北边,就是现在的马树堡。

安龙老爷吩咐家丁快去清水河边,把唐僧、沙和尚师徒二人接到府中好生招待,等候孙悟空找到三太子,回府处理。

安苗、孙悟空、八戒三人在白果岭找到三太子。猪八戒一见三太子,举起钉耙一个腾空上前就要打,那速度之快,嫉恨之深,令人咋舌。结果被孙悟空用金箍棒轻轻一挑,只听"咣当"一声,八戒和耙仰天向后翻了三个跟头。悟空说:"事情弄明白了,再打也不迟。"八戒嘟噜着:"一下打死他,漂亮的安苗就会把我留在安府。"悟空知道,八戒又在妄想,也没有去理他,上前找三太子讨个说法。

这个三太子,哪里有什么说法,自知理亏,走到安苗面前抱拳单跪道:"有劳娘子带好兴仁、兴义。我这就回西海,躲避几日。"说完,身转三万六千度,顿时一条白龙腾空旋起,又落入清水河。

孙悟空、猪八戒丢下安苗,也追入清水河。三太子从白果岭刚落入河中,孙悟空脚跨河两岸,两手举起金箍棒向河中打下。这清水河床是石灰岩貌,长期被河水侵蚀,地质疏松。孙悟空这一棒下来,河床顿时陷落一百丈。孙悟空沿河连续追打了三太子一百棒,使河延伸了三千三百三十三万丈。

三太子逃到万峰林下,想越过万峰林,再卷起万峰湖,借风生水起逃往北部湾。谁知孙悟空早已派猪八戒等候在万峰林上。只见孙悟空双手旋舞着金箍棒,就像一个飞旋的齿轮,沿着清水河一路切割到万峰林下。三太子两头受堵,眼看一场恶战即将发生。如果发生,万峰林将夷为平地,大地将切割成两半。

观音菩萨感到事态的严重性,如不及时制止,还将大地一分为二,到那时,人类将会有灭顶之灾。观音菩萨赶紧从蓬莱岛驾着荷花云来到万峰林下的万佛寺,招来悟空、八戒和三太子。观音菩萨严厉批评了三太子:"你在蛇盘山不好好悔过,还跑到马岭寨另娶妻生子。"原来,西海龙王已给三太子娶过两位老婆。观音菩萨非常生气地说:"你更不应该杀了唐僧的小白马,你让他怎么去西天取经?"

八戒说:"菩萨,您罚他去西天取经,我留下。"悟空说:"你这呆子,想得倒美,师父骑什么?"

观音菩萨说:"唐僧失去坐骑,那也只有三太子'顶职'了。"三太子连忙跪下说:"请菩萨开恩,我与娘子安苗恩爱如鱼水,加上兴仁、兴义还需要哺乳,若离开他们,他们母子三人如何……"正在这时,安苗已赶到万福寺,听到菩萨对三太子的处理决定,知道事情无法挽回。她走到三太子面前,用自己的丝织方巾擦了擦三太子脸上的汗水:"去吧,听菩萨的发落,好好修行,给唐僧师父做个好坐骑。兴仁、兴义,我会教他们好好读书。"三太子一把揽过安苗,紧紧地抱在怀里深情地说:"我今生一步也不离开你,不离开你们母子。"猪八戒最嫉妒三太子抱着这样的美女,举起钉耙就要打三太子,正瞅着打他哪里,怕伤了安苗。观音菩萨制止八戒说:"让他们最后一次拥抱吧。"

安苗心想,只要我存在,他是不会离开的,也不可能一心一意随唐僧去西天取经的,这样就耽误了我大唐的佛家大事。想到这里,她轻轻地推开三太子:"如果有来生,你我二人再做夫妻。"说完,转身走向万佛寺后的山崖,跳了下去。

三太子想伸手拉回安苗,已经来不及了。三太子万念俱灰,跪下说:"菩萨,我愿意拜唐僧为师父,也愿意拜悟空和八戒为师兄。我那幼小的兴仁、兴义怎么办?"菩萨说:"安苗是个有情有义的女子。我就封她个'大地母亲'吧。"菩萨又举起柳枝,点上甘露,洒向安苗跳崖的地方。一会儿,地面慢慢隆起两座并排的山峰,菩萨告诉三太子:"这就是安苗的乳房,它们可以哺乳兴仁、兴义了。"这就是现在的"双乳峰"。

三太子回到马岭寨,告别了安龙老爷、安老太太,独自来到被孙悟空用金箍棒划出的美丽的地上疤痕——马岭河大峡谷,忍着剧痛,锯角退鳞,扔向河流,流向谷底,流向万峰湖,流向西海。

三太子昂首挺立,面向西海腾空旋转三万六千度,变成白龙马,走到唐僧面前,跪下前腿,让唐僧骑上。一行人离开了马岭河大峡谷,奔上西天取经的路。

马岭河美丽的神话传说,增加了山枫游览的兴趣。马岭河峡谷以地缝嶂谷、群瀑横飞、碳酸钙壁挂形成景观特色。由于"千泉归壑溪水溯蚀"的作用,孕育出多姿多彩的峡谷奇观。天星画廊的瀑布如万马咆哮、珍珠泼洒。壮如银河缺口,柔似袅袅娜娜。在马岭河峡谷游览,让人感受到了大自然的无限神奇。峡谷深幽,栈道攀崖而行,曲曲折折,引人入胜,沿道而游,如进画中,一步一景,步移景异,令人流连忘返。山枫在天星画廊也留有诗一首:

马岭河大峡谷

谁折黔西此缝生，百帘高挂画廊中。
仰天万丈珠飞溅，隔岸枝头问彩虹。

山枫在观赏捞月瀑时，阿俊说："那个三太子抖落下的龙鳞片，在这马岭河里已变成黄金。外地人先在这个捞月瀑把三太子的龙角捞回去了，现在他们都富得流油，有的想买山，有的想买河。你想不想捞个一片两片，回去缺什么，买什么。"

山枫问："俗话说，靠山吃山，靠水吃水。这是人家的地盘，这个金能淘吗？"

阿俊说："这是比方，这个金具体怎么淘，到兴义市里住下再说。"

从马岭河驱车来到市区，山枫发现市区道路交叉口很少有红绿灯。比如向阳路、陵园路、遵义路交叉口以及笔山路、盘江路、文化路交叉口就没有立红绿灯。车辆过往你望、我让、再等行。从山上看下去，交叉路口的小车，就像小甲壳虫，横一个，竖一个，左拱右拱。虽然通行无序，但也很少发生事故。

山枫到了市里，首先来到街心花园。它由沙井街、稻子巷街、铁匠街、豆芽街、杨柳街、川祖街、宣化街、大坝子街等八条步行街组成，名曰"八卦金街"。进来了，你就进了八卦阵。没有阿俊的引导，山枫是没有办法走出这个八卦金街的。

山枫感到诧异的是这些步行街的商品经营者们，有点与众不同——有店面不在店面里经营，喜欢把自己经营的商品摆在店外。有的甚至拦住你的路，故意让你行走时碰到他卖的东西，以便引起你的注意，或让你想起要买的用品，这叫店外店。山枫就是这样，他跟着阿俊匆匆走在豆芽街，忽然一个软绵绵的东西碰到脸上，站住抬头一看，是卖鞋袜店的老板娘把要卖

的袜子用衣架挂着一排伸出行人过道。也就是这一碰，山枫才想起来，今天晚上要换袜子，毫不犹豫地买了十双。

打扮非常前卫的时髦女郎，逛街时背后都兜着孩子。山枫眼前一亮，这也是兴义的一道独特风景线。东部地区的一些城市的时髦女郎，打着花伞，肩挎着鳄鱼皮包，从来是不兜孩子的，也很少一人抱着孩子上街。山枫的看法不免片面了些，穿着普通的少妇兜着孩子，应是普遍。少妇穿着时髦一点，兜着孩子，就稀奇起来。这些少妇们年轻漂亮，打扮时髦。但她们在追求美的时候，还没有忘记自己是个母亲，母爱和美应是并存的。

晚上，山枫被阿俊安排在笔山路的出租房里住下。晚餐桌子上，最让山枫感兴趣的一道菜是鱼腥草。鱼腥草的根白色，有节。它和白毛草根相似。我国早在两千多年前就把鱼腥草作为野菜佐食，相传春秋时代越王勾践卧薪尝胆、炼意励志之时，曾带领众人择蕺菜（鱼腥草）而食之，以充饥废荒。魏晋时起，蕺菜便正式作为药用，以"鱼腥草"之名收入医药典籍。在历史变迁发展中，它便一直扮演药、食两用的双重角色，为民众养生保健、防病治病发挥着作用。随着现代人们愈来愈崇尚自然、追求真朴，在各地（尤其是黔西南地区），野生或家种的鱼腥草已成为大众餐桌上身价倍增的"大路野菜"。

晚饭后，阿俊说："我们说这里的'淘金'，就是'连锁销售'，也叫'资本运作'。参加这个行业，必须先要了解这个行业八个环节的工作，了解彻底了，适合自己就参与，不适合就还去干你适合的事去。"

山枫了解到，这八个环节的工作是：开恰、邀约、国引、运模、传连、行生、高起点、总结、下访。

开恰，就是选择最好的机会，和参加这个行业的人谈心交流建立"感情"。"开恰"人主要选择年轻漂亮的女性，因为她们具有一定的亲和力。开恰有固定的开场白和引入，这一项工作主要是了解对方有没有挣大钱的欲望。

在"开恰"时,注意察言观色,发现对方感到惊奇时,说明开展的工作恰到好处,就可以"邀约"了,也就是吸引人投资。山枫为了节省时间,省略了"开恰"和"邀约",直接去了解"国引"。

经过一天的旅途奔波,山枫一觉醒来,太阳已跨过马岭河了。因为兴义市是个自然生态城市,空气还是比较清新的。早餐后,山枫来到沙井街一个出租房里,一个退休干部模样的人接待了他。经介绍,给山枫讲国引的人姓黄,人称老黄。他原来是浙江省一个工厂的退休政工干部。老黄倒上了一杯白开水,装开水的杯子必须是无色透明的玻璃杯,以此证明"连锁销售"这个行业也是透明的。

老黄对山枫说:"成功源于正确的选择。一个机遇的到来,宁愿明明白白的放弃,也不要稀里糊涂的错过!机遇是怎么样来?靠自己发现,靠别人帮你穿针引线介绍给你,靠你自己用冷静的大脑来分析!我想来到兴义的朋友们,都想赚钱。改革开放是人思想上的转变,不可能的事并不等于不存在。"老黄利用"改革开放"这个人们最兴奋的词鼓动来者。

老黄看山枫听得很认真又接着说:"'连锁销售'从一次海外博览会上引进后,通过一系列调查研究,决定放在西部进行试运营,并把这里作为重点运营基地。在试验与推广计划中还明确了'允许存在、低调宣传、严格管理、规范发展'的基本方针。"

山枫问道:"'连锁销售'是不是传销?如果是传销,这个法律责任,我们可负不起。"

老黄继续说:"我们都十分清楚,现代社会,对外经济贸易的游戏规则早已与外界接轨,商品流通中的无店铺销售当然包括在内。九十年代初我们引进了传销,但它不适合,又于1998年把它取缔了,可世界的游戏规则没有变。"

山枫说:"现在就拿连锁销售来代替传销,可这是换汤不换药啊。"

老黄不愧是搞过政工的,对目前形势看得"透"理解得"深"。他解释

说："连锁销售能解决失业问题,保证社会的和谐稳定。伴随着现代化生产,出现了许多新矛盾、新问题,而在这些矛盾和问题中,最为突出的又是就业问题。目前失业率已接近警戒线。这个问题不解决,将影响到社会的稳定和发展。"

老黄为了佐证自己说法的正确性,还说看到纸质媒体上报道过:"鼓励各行各业人员自谋职业,自主创业,只要能解决就业问题,任何行业都应该给予支持。"

老黄深有领会地说:"报纸上'任何行业都应该给予支持'。这个'任何行业'当然包含连锁销售。连锁销售无疑是受支持和保护的行业,是解决就业的有效途径。"山枫要看看报纸,老黄推脱说一时找不到,以后再拿给山枫看。

老黄还举了个例子,当年这个报社的记者在东部城市采访时,一些人提出要就业,记者说,你们可以到西部去看看。

老黄补充说:"到西部看什么? 就是看连锁销售。"

山枫又问老黄:"这个连锁销售,为什么不在别的地方做,非要到西部来做?"

"为了拉动一些贫困地区的经济增长。改革开放二十余年来,东部沿海地区在得天独厚的政策优势和优越的自然条件下,经济发展迅速,逐步进入了富裕社会,但条件较差的西部地区被远远地甩在了后面。为了缩短东西部的差距,使他们有一个较平衡的发展,所以作出了西部大开发的战略决策。"老黄煞有介事地说。

老黄对西部招商引资的一些制约因素作了"分析",有声有色地说:"几年过去了,除了重点投资的一些大型项目外,当地的招商引资并没有太大成效。因为投资商是要讲究回报的,在不在一个地方投资,要看这个地方的资源条件、地理位置、消费指数、人才结构、法制环境以及行政效率等符合不符合他们的要求,绝大部分西部地区往往在这些条件上是欠缺的。"

他还认为："连锁销售没有这些条件要求，而且能够带动当地经济的发展，总是给一个地区'输血'，不如给它一个特许。从西部各个地区提供的数字显示，连锁销售对地方经济的发展平均贡献率已达34.2%，在商业、服务行业的贡献率已达43%。所以，实践证明，连锁销售更适合于偏远落后地区，而经济欠发达地区也迫切需要它来发展地方经济。"

老黄又认为，西部地区办企业有困难，也只有连锁销售适合，一人、一包、一份钱。

为了证明连锁销售是允许的，老黄还拿出有关文件的复印件给山枫看。这个复印件明确指出连锁销售的基础含义是：1.连锁销售首先是一种组建营销通道的理论与实践；2.连锁销售是一种新型复合连锁，是一种新型的连锁形式；3.连锁销售是一种人力资源的充分组织开发形态。"

老黄对连锁销售中这一环节工作讲得有理有据，语言流畅，态度激昂，山枫理论水平又低，一时被老黄说的分辨不出什么真假来，对那些文件报道等也是深信不疑。

老黄看山枫神情有了动摇，"再接再厉"搬出了国家领导人在党代会上的报告内容："只要能保证给下岗工人、退伍军人、毕业的学生、农村剩余劳动力的一次再就业机会，什么行业都应给予支持和保护。"

老黄深有领会地说："这个'什么行业'就包含连锁销售。连锁销售无疑是受支持和保护的行业，是解决就业的有效途径。"

山枫看老黄拿着国家政策一通演讲，已经晕头转向。他心想，要想多了解实情，只能再听一听连锁销售的"运模"。

老黄看出山枫的心思，趁机又说："你要想多了解实情，就再听一听连锁销售后面的工作。"

第十二章　山枫欲踏幸福路

婀娜仿佛梦里人

　　下午，阿平领着山枫来到幸福路听"工作介绍"。阿平是阿俊引见给山枫的同事，听说在"连锁销售"行业已经有一年了，有着丰富的行业经验。山枫来到二楼一间三室一厅的出租屋里。阿平介绍过，今天讲工作的姚梦来自浙江，刚从大学经济管理系毕业，她跟她的妈妈进入连锁销售行业，目的是想淘出第一桶金好再创业，实现自己遥远的"梦想"。

　　虽然是金秋，姚梦仍然穿着金属未来感印花高腰背心裙，短齐膝盖，充满了夏日风情，再加上一双亮蓝色厚底高跟鞋，整体造型婀娜多姿，非常靓丽。

　　姚梦不用说话，就充满了对来者的吸引力。姚梦拿起水瓶，给透明玻璃杯边倒开水边说："您从国引那里已经了解到，我们所从事的是一个新生事物——连锁销售。给您一杯白开水，就是希望你能把这个新生事物看得清清楚楚，了解得明明白白，就像这杯白开水一样，一清二楚，这就是我们的行业文化。"

　　姚梦那银铃般的声音，不但悦耳动听，而且把连锁销售与"文化"联系到一起，让山枫顿时来了兴趣。

　　姚梦又摇起那银铃般的声音说："传统销售方式分为挎包和等待两种方式。连锁销售分为订单式和分享式，也是两种方式。"

　　接着姚梦介绍传统销售中的挎包式："过去的企业业务员或推销员，背着企业的产品，风里来雨里去，走街串巷，挨家挨户上门推销产品。"

　　姚梦讲到这里，山枫想起很小很小的时候，有个老人，胡须花白拖至领口。他挑着小货担，摇着拨浪鼓，走村串户。他来到山枫村子，把小货担停在山枫家门口的场基上,先把拨浪鼓摇三下。这一摇,摇得村子鸡鸣狗吠,人欢马叫。妇女小孩纷纷围上来。看不到大男人,因为他们都下田干活去了。有的抱着鹅毛,有的抱着鸭毛,有的拿着鸡金皮。妇女们换针线,姑娘们换花和红头绳,男孩子换粑粑糖,也有拿钱买小货的。这个老人的小货担,既有原始的实物交换,又有现代的货币交换。这和姚梦说的挎包式销售不类似吗?

姚梦说:"这种挎包式销售随着社会的发展被淘汰了。"接着她又介绍起等待式销售,她说:"等待式销售,顾名思义就是在一个地方开个小店,等着顾客上门选购商品,也叫守株待兔式销售。"

山枫问姚梦说:"现在城市里所开的店铺,不都是等待式销售吗? 它还是目前销售的主流形式。

姚梦说:"等待式销售,所花的成本较高。如租门面、装修、招聘员工都需要资金。另外,企业的产品流通到消费者手里,要经过总代理、分代理、批发商、零售商,商品价格翻了几倍。由于中间环节过多,所产生的费用都由消费者买单。"

她还举例说:"一套男士西装,企业生产成本,工人的剩余价值,还包括税收,出厂价一百元,经过四次转手,价格提高到五百元。如果在大中城市就要卖到一千元。因为大中城市门面贵,员工工资高。如果摆地摊,可能就卖两百元,甚至更便宜。但是,为了城市的市容,不允许摆地摊。

山枫觉得姚梦说得对,期待着有什么新的销售方式。这时姚梦讲到了连锁销售。

姚梦移了移身子,牵了牵裙领,理了理裙摆,以防春光泄露。她说:"连锁销售也有两种方式,即订单式销售和分享式销售。"

什么是订单式销售? 姚梦也举例说明:"比如说,我要去裁缝店,定做一件高腰背心裙。裁缝师傅会根据我的身材、体型设计。交了定金后,过几天取裙子。先有我,后有裙,这就叫订单式销售。还有现在的很多大中型

企业,定期都要召开订货会。召开订货会的目的,就是让企业能拿到来年的订货单,这样企业就会有计划、有目的地进行生产活动。从而避免了企业生产的盲目性,避免供需的不平衡性。"

至于什么是分享式销售。姚梦解释为,好的东西才叫分享,坏的东西叫分忧。比如,我家杀头肥猪,请亲戚邻居都来喝杀猪汤,这就叫分享。分享收获的是快乐。连锁销售中的分享是什么呢?

姚梦说:"我们连锁销售的运作模式就是每人只需投3800元买一份资格,其中500是个人销售的商品。也可以投资36800元,直接买一个高起点的11份资格。然后,你布好三条线,你的每一条线,再布好三条线。这样循环下去。等到满六百份就出局,拿着钱离开连锁销售。"

姚梦看对面的山枫挣钱的欲望产生了,接着说:"这时,你就得到分享了。首先可以分享到的是直接提成、间接提成、销售补助三大块奖金,小计21万。等你出局了,你还能分享返还的270万或380万,你就离'1040阳光工程'的梦想不远了。"

山枫问道:"什么是'1040阳光工程'?"

姚梦拿着计算器算给山枫看:"这个项目最早的准入门槛是3800元,然后越做越大,挣钱也越来越快。你要发展三个伙伴,你的三个伙伴同样要投资69800元,还要每人再发展他们的3个伙伴,这样你的'团队'已经有13个成员了。等到你的团队规模越来越大,吸引越来越多的人进入我们的销售环节,每月能有十万以上的投资,你直接或间接吸纳的金额已经达到了2540万,其中45%上缴国税,剩下10%上缴个人所得税,所以你会得到1143万,折去各项所谓的费用后你会得到1040万。"

山枫想,这个"1040阳光工程"倒有意思,然而转念又一想,连锁销售又没有明确销售什么商品,分享的是人头资金啊。山枫也没看见这个公司的注册、名称、地址以及法人代表。

姚梦看出了山枫的疑虑,连忙解释道:"连所销售有实体经济和虚拟经济两种表现形式。实体经济主要是以店铺的形式把商品卖出去,如全国各地的厂家连锁专卖店以及各大连锁超市等。我们做的是虚拟经济,主要是以推销员和五级三晋制的形式把商品卖出去。五级三晋制是一套非常公平的分配制度,这套制度被普遍运用到各大公司和企业。"

姚梦讲完运模工作之后,站起身说:"行业适合每一个人,但不一定每个人都适合这个行业。如果还有疑问,请您去认真听一听'传连',再作决定。"

山枫走出出租屋,走上幸福路,太阳已挂在城西的山尖上。他心想,这连锁销售适合我们吗?从中能走出一条幸福之路吗?可不能像这太阳藏到山后,让黑幕裹住。

晚上,阿俊、阿平和先来的阿明、阿文来到笔山路看望山枫,举杯中分别谈了自己听"运模"的感受。

山枫说:"我的初步感受是——山枫欲踏幸福路,婀娜仿佛梦里人。"

第十三章

君言"悉心除旧规"

推在"沥血酿新酒"

传连这一环节工作，山枫是在紧邻兴义的贵州醇酒厂的名仕苑听的。酒厂东门两边"沥血酿新酒，悉心除旧规"的对联引人注目。

什么是传连，就是解释"传销"与"连锁销售"的区别。这个环节工作由一个曾经在1998年前参与过传销的"成功人士"讲解，名字也叫程功。据介绍，程功是个下海的中学教师，1994年大学毕业被分配到乡下一所边远中学当教师。一年干下来，没拿到多少工资。因为，当时财政下放到乡镇，教师工资由乡镇自筹发放。他所在的这个乡镇，没有支柱产业，全是瘦山、瘦水、瘦田。

程功决心下海，凭本事吃饭。这时，有些省份的传销做得轰轰烈烈，他想在这里淘上第一桶金，结果做到半途被政府取缔。现在他又在做连锁销售，由他讲传连既有"理论"又有"实践"。

山枫上了四楼，进了出租房。程功与姚梦接待客人都是同样的方式，先摆好透明玻璃杯，倒上白开水，说："朋友，到我这里来只能喝白开水了，不是不舍得几根茶叶，这是行业文化，代表着我们行业像这杯水一样是透明的，不怕你了解，就怕你不了解。"

程功没有直击主题，先向山枫介绍连锁销售另外一个名称"希望阳光工程"。他说："有位经济学者，是我大学的同学，毕业后读了研究生，在西部一个省会城市工作。在一次大学同学聚会时，他告诉我，西部有个新生事物正处于萌芽状态。我问，什么新生事物？他说，'希望阳光工程，'以五口之家发展。我又问，什么五口之家？他说，无可奉告。"

一个月后，我去拜访这位同学，车路过一些中小城市，发现市郊及偏远地区开始大量建造三室一厅的楼房,我很奇怪,在这些偏远的地方建这么多楼房干什么?我问邻座一个干部模样的人,他说是'希望阳光工程'。再问又说不知道。

其实,这是西部城市为了改善市民住房条件的举措,由政府统一规划,市民自己出资建房,但也被连锁销售拿来做文章。

程功就连锁销售、传销的起源作了详细讲解。他说:"连锁销售起源于1859年,第一次工业革命的前期。因为它采用了集中配送、采购,以销定产的销售方式,就是先有订单后才有产品。拥有的特点是,投资风险低、回报大,于是很快发展起来。运行了八十多年后,扩张开来。"

其实此"传销"非彼"传销",此"传销"是使产品绕过不必要的中间环节,直接销售给消费者,降低消费成本。彼"传销"没有产品,只是拉人头,拿提成。连锁销售也是如此,这是偷换概念。

程功看山枫困惑的神色,接着说:"你想一想,九十年代,改革开放才十年,大锅饭刚刚被打破,个人收入、购买能力都很低。根本就不适应这种营销模式。再比方说,境外台球,英文叫'斯诺克'。在外是中上层人士玩的一种高雅的休闲运动,他们打着领结,穿着马甲、皮鞋在房间里玩。在有些地方花百把元,做个台球桌,摆在大路旁、小店门口,两三毛钱打一局。夏天,小青年光着膀子,穿着裤衩,拖着拖鞋,嘴里叼着香烟,玩得热火朝天。你能说台球不雅吗?是赌博工具吗?这证明,对于新事物,我们很多时候只能利用它的形式,不能发挥它的文化内涵。有时甚至歪着运用。"

山枫插话道:"台球与传销是两码事,能类比吗?"

"山枫朋友,这个问题就扯远了,现在我们言归正传,和你说一说传销和连锁销售的第一大区别。"

程功转过话题,接着说:"传销和连锁销售是两种截然不同的事物。传销是在九十年代初,传入到内地。第一个进入内地的传销公司是境外的芳亚公司,第二个进入的传销公司就是大名鼎鼎的境外华丽公司,它们同时

登陆。三年后共有几十家大型境外传销公司登陆,并签订合同,拿到了营业执照,大陆的厂商一看,这些公司的运营模式这么赚钱,也纷纷投资上马。于是,传销公司像雨后春笋般冒出上千家。"

山枫提问道:"华丽公司又是怎么和这些新生的传销公司竞争的呢?"

程功回答说:"华丽公司为了独霸市场,率先提出'百分百退额保障',什么是'百分百退额保障'呢?比如说你买了华丽牙膏。华丽牙膏大号60元一只,小号34元一只。当时,国内市场的牙膏不超过5元。你把华丽牙膏用完后,拿着牙膏皮去华丽公司经销处去说,你的产品质量有问题。华丽经销处的工作人员不会要你解释什么,会问你是要换货呢还是退钱。要是换货,牙膏皮留下,给你一只新牙膏;要是退钱,牙膏皮留下,60元退还给你。"

山枫趁程功喝水的工夫插话道:"华丽这种'百分百退款保障'是无稽之谈。"

"你的说法没错。"程功继续说道,"只维持不到两年时间,华丽就取消了'百分百退款保障'。一位大姐买一只牙膏,没等用完,回家就把牙膏挤到空瓶里,然后拿着牙膏皮去换一只新的,回来再挤再换,接连换了七八次。自己去都不好意思了,人已换熟了;就叫自己十岁的女儿去,又换七八次,人又换熟了;再叫自己八岁的儿子去换七八次。这位大姐花60元,换回了一千四百多元的牙膏。另外,挤在瓶子里的牙膏,能让她四口之家刷好几年牙。"

山枫问:"这是华丽公司不当竞争吧?"

程功说:"是的,不到两年时间,华丽公司就损失两千多万。被迫取消了'百分百退额保障'。同时造成的后果也是严重的。没有了'百分百退额保障',谁还去买你那么贵的商品啊!一部分人做不下去,纷纷跳槽到另外的传销公司。"

程功介绍说:"传销公司做的最好是一个叫富田的公司,他们推出一种单一产品叫:糊涂摇摆机,出厂价是360元,进入传销渠道涨到3900元,涨了十多倍价格,牟取暴利。"

程功不愧当过教师,叙述分明,条理清楚。喝了口水,他接着说:"到了九十年代中期,内地出现了六千多家传销公司。这时候,很多公司开始鱼目混珠了,没有营业执照、没有法人代表的大批非法传销公司渗透其中。几个胆大的人合在一起开个空壳公司,挂牌营业。传销人员拉到几百人甚至上千人,集资几百万甚至上千万时就携款潜逃。"

山枫说:"我看过有关报道,这些非法公司,造成了大批传销难民,也出现了大批垫背的人群。这些人凑合到一起,开始聚众闹事,偷吃扒拿,严重危害了社会治安。据公安部门统计,当时有百分之三十的刑事案件、盗窃案件、绑架勒索案件都与传销有关。"

程功接过山枫的话题说:"这时候,传销已被做歪了、做扭曲了。一台糊涂摇摆机,在部分地区价格已涨到9千元至1万元。参加传销人员为了尽快拿到本钱,心理变态了。亲戚坑亲戚,朋友坑朋友。如果亲戚朋友来了,这些人就会显得特别关心地说,'我们晚上几十人,在一个室内睡地铺,财物放在身上不安全,给我送到公司保管起来。'亲戚朋友毫不犹豫地把身上的所有财物都交出来。到了第二天带你去上大课,如果你认可了,也加入了,你的财物全部还给你。假如你不认可,也不加入,你的财物就没有了。山枫你想一想,这不是变相的绑架和勒索吗?所以就取缔传销,政府也开始大力打击非法传销以及变相传销。"

这时,程功让山枫喝点水,自己去了趟洗手间。

过了好一会儿,才坐在山枫右边的沙发上,继续说有关部门对连锁销售的态度:"取缔传销后,有几十家大型传销公司非常愤慨,联合上告法庭、仲裁委员会,要求赔偿损失。因为这些大型传销公司,签了合同,投资建造了厂房和办公大楼,按照合同法,这些损失是要赔偿的。"

山枫惊讶地问:"这些大型传销公司,做传销还要求赔款?"

程功说:"确实如此,取缔传销十几天后,这几十家传销公司妄想获得赔偿。甚至妄言不给我们加入世界经济组织作为要挟。"

山枫说:"这个我有印象,报纸上刊登过。确实也是,为了加入世界经济组织已经辛辛苦苦了十几年,花费了大量的人力、财力和物力。不能为了芝麻丢了西瓜,迫不得已在一个月内,又让这些传销公司重新转型进入市场。但严格规定,传销必须改为直销,必须改为有广告、有店铺的商业行为,不许从事传销活动。"

程功一看山枫接过了话茬,赶忙继续说道:"这种情况下,我们当然要赶紧培养自己的直销人才,不然等到国门完全打开,到时候关税降为零,境外的高科技产品将像洪水一样涌进来,我们自己的商品怎么占领市场?"

山枫怀疑道:"我们的产品目前和人家先进的相比,还存在差距,企业文化、人才待遇也存在差距,传销能解决这些差距?"

程功又危言耸听地说:"是的,我们派经济专家组成考察组出去考察,想找个好的营销模式回来。"

山枫问道:"考察组这回遇到的就是你们现在做的'连锁销售'?"

"是的,考察组在外转了一圈,参加了世界直销大会。经过调研、考察,发现了一个叫连锁销售的营销模式。"程功有声有色地向山枫介绍着连锁销售的来历。

　　山枫又问道:"这个连锁销售的主要特点是什么?"

　　程功说:"专家组主要看中的是连锁销售的营销模式——五级三晋制。这个五级三晋制在这届直销大会上得到了'银鹰奖'。经过几轮讨价还价,我们花重金把这个营销模式买了回来,把它放在了西部试运行。"

　　山枫又问道:"还花钱买? 把连锁销售放在西部,这是为什么呢?"

　　程功回答道:"因为东部物价高、消费高,一套三室一厅的房子月租金要一千五百元至两千元。从事连锁销售的人员运作成本太高,做不起。"程功说起这些倒也坦然。

　　山枫对西部地区的经济状况有所了解,他说:"据我所知,西部地区的物价比东部沿海地区的物价要便宜得多,在那里做生意的成本相对来说也低。"

　　"在西部租一套三室一厅的房子,一年只需花三到四千元,物价也低廉。所以从事连锁销售人员都选择来这里。"程功又继续说,"西部有的地方经过几年的发展,从一个县变成了县级市,又从县级市跨越为地级市。当地经济得到了跨越式发展,整个西部的经济也得到了蓬勃发展。"程功把西部的跨越式发展都归功于"连锁销售"。

　　程功还说地方上对连锁销售侧面提倡、宏观调控、规范发展并配以修枝剪叶,也大力"支持"他们。

　　"侧面提倡、宏观调控、规范发展,怎么解释?"山枫问道。

　　"比如说,从事连锁销售人员,可以到通讯公司办张优惠卡,不管长途短途,打电话只需一毛二一分钟。当地居民拿身份证、户口、区介绍信,就可以到建设银行申请三十年无息建房贷款,但必须建造三室一厅的房子。"

　　山枫想,通讯公司、银行都是做生意的企业部门,电话费少一点,是为了薄利多销,获得更多的客户,就能获得更多的利益。银行多放贷,是多获得利息。这怎么能说明是支持连锁销售呢?

这时程功指着窗外说:"山枫,你来兴义时,就已看到了这些正在建设的房子。它不像我们东部地区,以小区为单位建住宅楼。这里都是以家庭为单位建房。兴义这个城市,以前布依族、苗族人口只有九万多,现在有二十万人以上。除了少部分开矿、做生意的,大部分都是我们连锁销售人员,正在建造的三室一厅的房子,也是为我们准备的,这就是侧面提倡。"

山枫说:"哦,我还以为这里不以小区为单位建房,是因为这里山多,平地小而少,是特殊的地理环境决定的,原来是与连锁销售挂上钩啊!"

程功低头喝水,没有接话。

山枫接着又问:"那宏观调控又体现在哪里?"

程功道:"山枫,你看到兴义有大型企业吗?没有。这里地广人稀,交通不便,观念变化缓慢,所以必须要有好的营销模式和优惠政策才能吸引外来人口和资金投入。"

对于宏观调控的概念,程功答非所问,山枫还是不明白他的意思。由于时间的关系,也没有再追问下去。

山枫又问:"规范发展并配以修枝剪叶,是什么意思?"

程功说:"连锁销售不能像传销一样被人把行业做歪了、做扭曲了。所以不管是谁,把行业做走了样,连锁销售将毫不犹豫地把他剪掉。这就是规范发展并配以修枝剪叶的内涵。"

山枫想,你口干舌燥地把人家"讲"来投资了,人家"歪"了,"扭曲了",你们又去"减掉"他们,减掉一个,不就减断了一条财路吗?"

"为什么本地人员不得从事?"程功没等山枫提出问题,自己就来个自问自答,"如果本地人也参与本地的连锁销售,他们就有可能排挤外地人,把房租由原来的三千一年涨到三万一年,猪肉由原来十元一斤涨到二十元一斤。外地人和本地人混杂在一起,还会发生纠纷和冲突,引起治安案件。"

"还有一种可能，那就是本地公职人员也会参与进来，利用职权控制连锁销售，首先获得最大利润。"

程功补充道："当地人可以参与连锁销售的话，农民不种田了、工人不做工了、教师不教书了、民警不执勤了，当地的社会秩序、经济秩序、工作秩序将会受到严重影响，这就是本地人员不得参与的真正原因。"

程功作了简单小结，还说连锁销售是侧面提倡、被大力支持和保护的，目的是要打消山枫对连锁销售的疑虑。

以上是程功介绍的连锁销售与传销的第一大区别：支持、保护连锁销售，取缔传销。

接下来，程功介绍连锁销售与传销的第二大区别——它们的不同本质。

"连锁销售是以销定产，就是先有定单才有产品，通过百分之二十的店铺销售的同时，再通过广大的推销员，每人销售两至三份产品。产品只不过是纽带，主要是一种资金重组再分配的运作模式；传销是以产定销，是以无广告、无店铺、无限制拉人头的形式把产品传给消费者。"

由于传连这个环节工作内容较多，涉及社会发展，经济原理等。也只有像程功这样有经验的人，才能"讲"得透。

"运作机制不同，这是连锁销售与传销的第三大区别。"为了抓紧时间，程功没有休息，接着说，"传销这个词在境外不分传销、直销，统称为'business'。直接销售，也就是直销——direct selling。传销是一个金字塔模式，它分为五个级别：翡翠、钻石、宝石、皇冠和大使。它上不封顶，下不编底。"

"什么是上不封顶，下不编底呢？"山枫问。

程功回答说："就是你从翡翠做到皇冠，你就不用发展下线了，也不用卖产品了，你每个月最少有五十万元的收入，你可以做到一顶皇冠大使、两顶、三顶、三十顶……这叫上不封顶。你可以任意发展你的下线，你有能力

发展上百上千人都可以，无限制地拉人头，这叫下不编底。境外经济学家给传销这种金字塔的模式算过一笔账，它是百分之二十的人掌握着百分之八十的财富。皇冠及大使属于剥削阶层，而百分之八十的人只掌握着百分之二十不到的财富，这个阶层属于被剥削阶层。这在传销中称为'二八定律'。"

山枫接过话茬说："我还知道一个叫'250定律'。它是一名推销员在商战中总结出来的。他认为每一位顾客身后，大体有250名亲朋好友。如果您赢得了一位顾客的好感，就意味着赢得了250个人的好感；反之，如果你得罪了一名顾客，也就意味着得罪了250名顾客。这一定律有力地论证了'顾客就是上帝'的真谛。由此，可以得到如下启示，必须认真对待身边的每一个人，因为每一个人的身后都有一个相对稳定的、数量不小的群体。善待一个人，就像拨亮一盏灯，照亮一大片。"实际上做生意的，都需要这个"250定律"。

"'250定律'也被传销运用，因为传销要发展下线。做传销必须满足两个条件：第一，你应有一定的社会地位，有文化、有交际；第二，你必须有50~70万元的雄厚资金。就目前普通人家要拿这么多钱出来，是很困难的。传销模式采用的是'帝王世袭制'。皇冠由子孙世袭、世代相传、永不出局，一直在上面拿钱，这就是传销运行机制。"程功道出了传销真正的危害性。

"下面给你介绍连锁销售的运作机制"。程功喝口水，放下杯子继续说，"刚才我介绍了传销的运作机制，从中我们看到，它呈现的是三角形，一人站在三角尖上拿钱，永不出局。而连锁销售呈现的是等腰梯形，轮流上平台，再轮流下平台，循环退出。"

山枫问道："传销是三角形，连锁销售是梯形，这不都是上小下大吗？"程功赶紧解释，用比喻作了回答："传销好比一辆大客车，前门上客，后门焊死，只进不出。能力弱的被挤死或被抛出车窗外，这叫垫背的。连锁销售也好比一辆大客车,它是前门上后门下。如果车上有60个座位,你是1号先上车的,第61号上来了,那你1号必须下车,把位子让出来给61号。你1号下车,就是成功出局的人了。所以有了'循环退出',就会出现良性循环。这就是'风水轮流转,江山轮流坐'。"

讲到这里,程功还特别强调了连锁销售的成功率:"太阳能照到每一个人身上,所有参与人员有百分之九十九机会成功。主要是实行了'循环退出',把传销的三角形顶角剪掉了,也就是剪掉了传销中掌握百分之八十财富的人,把它放到梯形大平台上,让更多的人来分享。"

山枫问:"那还有百分之一的人为什么不能成功?"

"这百分之一的人,有的是自己放弃,有的是亲人不疼,有的是朋友不爱,有的是自以为是。"程功还总结得出了一条结论——行业适合每一个人,但不是每个人都适合行业。

程功把连锁销售的"循环退出"比喻上公交车,前上后下。虽然比喻也类似形象,但山枫仔细想了想,这辆"公交车"下来的顾客,不能再上这辆"公交车"。比如说,一座几十万市民的城市,每人只能坐一次这辆"公交车"。这座城市的每位市民都坐了,这辆"公交车"要么停运、要么就等出生的成长为18岁公民。后上的人要等几年甚至十几年,能等得了吗?

山枫又一想,这座城市市民都上了这辆"公交车",那就拉周边的、拉大城市的。就是把全国十三亿人全拉上,它还要停啊,等啊。人口循环缓慢,连锁销售循环又是那样的迅速。不想垫背就等,谁能等得起啊。等不起就放弃,放弃就垫背。

进入连锁销售的人,怎么没想到这一点呢?这不也是传销吗?山枫正陷入沉思。程功又在讲连锁销售的第四大区别:运作模式不同。

山枫听了,大概意思是传销采用业绩归零制。每月必须销售40份产品,如果你的下线只给你完成了20份,到下个月归零,重新再做。这样就产生了拉人头,控制人身自由。没有拉到人的,就自己掏钱买下其余的20份

产品。没有钱就借、骗、偷、抢。绑架勒索是传销的代名词。有月绩归零制，要想从翡翠做到皇冠，必须要有50万~70万的资金，又滋生犯罪。所以把它取缔了。

连锁销售不规定月绩，可以延续累计，也没有时间限制。一人只投资一份资格3800元，不需要反复投资。来去自由，有事请假，没有经济压力和精神压力。从业务员做到高级业务员，最长时间也只需两年多时间。出局后，就等着拿提成，做金钱梦了。

其实，传销也好，连锁销售也罢，它们有一个共同点，就是要发展下线，必须拉人头。人是有思维的动物，他们不是小猫小狗，随意让你牵来系在你的线下。而且人的资源是有限的，循环周期也是漫长的，这个金钱梦能做吗？

程功介绍的第五大区别，就是了解行业的方式不同。传销是请心理学家、经济学家给你上大课，对本行业具有鼓动性和煽动性。连锁销售采用的是"谁先进入行业，谁先了解学习，谁先做老师"。一对一，面对面讲解本行业的内容。现身说法，具有现实感、信任感和亲切感。

第六大区别，是两者管理制度上的区别。程功认为，传销的漫长周期决定了它不可能有健全的管理制度。传销运行了好几年，没有一个人做到皇冠，做得最好的，只做到宝石级，这就是事实。

连锁销售有健全的《经营管理二十条》作为管理条例，实行半军事化管理，要求脱产经营，成功周期短。

"什么是《经营管理二十条》？"山枫问。

"下一版工作会告诉你。"程功边回答边谦虚地说，"山枫朋友，六大区别讲完了，水平有限，对行业理解不深，讲得不透，请多多包涵。还有不清楚的地方，你可以再提出，我们再交流。"

山枫看看时间，已是下午六点了，也无心再交流。兴义的太阳刚刚下山，要是在家，早就天黑吃过晚饭看电视了。

山枫走出名仕苑,迎风飘来一阵兴义酒厂的茅台酒香,人不醉,可酒醉人啊。可惜只能闻酒兴叹,这些茅台酒是那些达官贵人享用的。这个酒厂也做到了人性化——市民们喝不起茅台酒,放一点酒香让他们闻闻吧。

电话还要写稿文
生活需通二十条
第十五章

晚上,山枫在阿俊、阿文、阿明的陪同下,品尝了兴义酒厂生产的兴义酒,口味浓而爽,鱼腥草又是不可缺少的一道下酒菜。酒过三巡,山枫提出要求,由于时间关系,后面几版工作不上门去听了,把有关资料收集来自己阅读。大家一致同意,并对山枫说,听了一天的工作,是够累的了,今晚好好休息,明天就在这里看吧。"这里"是指他们连锁销售的租住屋,也叫体系房。

第二天,刚吃过早餐,阿俊和阿平送来了《连锁销售生活经营管理二十条》。开头赫然写着:"为了全面贯彻执行党和国家的商业法规和文明守则,正确宣传经营理念,树立爱祖国、爱人民共同创建美好人生的企业精神,为国分忧,为民解难,为全国人民做出应有的贡献,努力培养具有独立经营能力的现代商人,为此制定生活经营管理二十条。"

接下来的"前言"还强调了行业是平凡人取得辉煌成就的美好事业平台。每位业务员都是独立的老板,行业可以让每个人获得一笔可观的原始积累资金,同时还可以进一步实现自己的人生价值。经过短短两年半的时间就能得到精神财富和物质财富的双丰收,更重要的是每个人出局后,可以去干更大的事业,带动地方经济发展,解决更多的就业问题,无形中给国家分了忧,为民解了难。

《连锁销售生活经营管理二十条》的第一条:每位业务员要遵纪守法、认真执行党的各项路线方针政策,要认真执行各项规章制度;每位业务员要关心他人,大公无私;具备勇于为他人奉献的精神,真心做到"我为人人,人人为我";每位业务员要努力学习各门学科,提高自己的文化水平和演讲能力。

连锁销售不断强调"遵纪守法",也是为了打消像山枫这类"良民"的顾虑,让他们认为自己从事的是一项合法事业。

第二条:每位业务员必须注意自己的仪表仪态,严禁不自律的行为发生;禁止在行业内外谈情说爱,严禁不正当的男女关系发生,否则后果自负。

"不自律的行为有哪些呢?"山枫问道。阿俊解释说:"在街上嬉笑打闹、勾肩搭背;乱扔垃圾、随地吐痰、吃零食、闯红灯,把衣服脱下来搭在肩上等。"

山枫心想:这么具体的要求,可真是行业特色。

"禁止行业内外谈情说爱。"山枫说,"我认为缺少人性化,边发展事业边谈恋爱,这是好事啊!"以爱带动行业的发展,以行业的成功来巩固爱。我们这边的小伙子,还托人在边远地区买姑娘做老婆。现在让他们自己来一边发展事业一边找老婆,积极性更高啊!成人之美的事怎么不做呢?"

他们的解释是,在行业里只有推荐人和业务员的关系,谁都没有多余的时间去谈情说爱,否则双方都不能集中精力去干好行业。等行业干成功了,再去谈儿女私情也不迟。再浪漫的爱情,也要建立在一定的物质基础上。

禁止不正当的男女关系,大家都是成年人,这一点就不多做解释了,如有违者,后果自负。在个人生活上、作风上都提出了高要求。山枫认为这一点说的好,但是连锁销售业内都是些孤男寡女,实现起来可有点难度。可能这个行业内的人自律性有这样高吗?

第三条:严禁在行业内外饮酒。严禁喝酒,是为了让大家相信连锁销售的"正规性"。

阿俊说:"公共场合饮酒,喝多了闹事、打架斗殴,扰乱了当地治安,所以行业内外严禁饮酒。但山枫昨晚喝酒是可以的,因为他还没有进入这个行业,是被邀到这里做客的。"

第四条：要保持良好的礼节、礼仪。注意室内卫生。严禁在楼内外喧哗，不准乱扔垃圾；要尊重楼内外居民，提高自身素质。

第五条：行业手机保持24小时开机，严禁在工作时间内打私人电话。严禁打扑克、台球，看电视录像、下象棋、听录音机，上网吧、游泳等一切娱乐休闲活动。

阿平解释说："手机是用于连锁销售的通讯工具，除开会学习外，要保持24小时开机。工作时间严禁打私人电话或与人聊天。如果你跟别人聊半个小时或一个小时，别人有工作的事也打不进来，若'上级'有什么'指示'，也无法及时'传达'到位。打电话要用礼貌用语，同时要报自己的姓名，不得乱发不健康的信息。行业是压缩性的，没有多余的时间去玩，同时录音、电视录像、网络信息、杂志、小说等都不能到外面去看去听，要全心全意做好行业。再说大家潜心事业，哪有时间去娱乐，等事业成功了再去玩乐也不迟。"

山枫听了阿平的解释，问道："这不是限制了通讯自由吗?"被山枫这么一问，他们面面相觑。

第六条：外出购物，到朋友家去串门或者出远门等，应向推荐人或家长打个招呼。晚上无特殊情况不得外出，经请假批准后，需两人以上结伴同行，但七点前必须回家。

山枫看到这里越来越疑惑，阿俊赶紧强调这不是控制人身自由，这条主要是为大家的安全着想。出门在外，始终要把安全放在第一位。新朋友可能会认为：我一出门总有人跟着我，是不是想控制我？其实不是的，自从你下车的那一刻起，推荐人就要负责你的人身安全。你刚到这个地方，人生地不熟，为了防止你迷失方向，所以推荐人应该陪着你。如果有什么事，就可以及时找到你。

晚上外出必须经推荐人或家长同意后方可外出，但七点前必须回家。因为我们晚上要学习，参加学习时每个人必须到场。夜间如果没什么特殊情况,最好不要外出,我们出门必须两个人以上结伴同行,女士必须有两名男士陪同方可外出。

第七条:行业组织的各种学习、座谈会,经验交流会等都要积极参加,不得迟到、早退、无故缺席,严禁在活动中有随意走动、吸烟、交头接耳等一切不尊重他人的行为发生。

阿平介绍说:"行业组织的学习有早上的晨会、晚上的素质课以及生活经营管理会;行业的会议有经验交流会、培训课等;在任何活动中不得随意走动、交头接耳、吸烟等。我们行业是'轮流坐庄'的行业,每个人都要坐在上面演讲,你尊重了今天的我,也就是尊重了明天的你自己。"

第八条:学习交流过程中,要吸取别人的长处,补自己的短处。不管什么场合,都不得说闲话,不得说长道短,以免影响团结。

第九条:大型活动必须经上级同意后方可进行,否则发生任何不良后果,均由组织者负责。

山枫问:"这个行业还有什么大型活动?"阿平说:"大型活动主要是每月1号的经理晋升晚餐等,这些活动必须经上级允许才能进行。因为大型活动参加人员比较多,比如夏天天气炎热有人中暑或晕倒,发生了不良后果,是谁私自举行就由谁负责;如果是经上级同意批准的,就由行业负责。"

第十条:各位业务员必须做到——不利于团结的话不说;不利于团结的事不做;不利于行业发展的话不说;不利于行业发展的事不做。对经常违反行业制度或妨碍行业发展的,经教育不改者,断绝其业务往来,劝其回家。

阿俊说:"我们行业有两种出局制,一种是拿到物质财富高高兴兴回家,另一种就是违反行业制度或妨碍行业发展的。一次两次给你改正的机会,如果屡教不改,就断绝业务往来。没有人跟你合作了,你待在这里也没意思,就算没人劝你,你也只能打包回家。"

阿平说:"希望山枫你做个思想积极的人哟。"

山枫又认真学习了后面十条，认识到要干好这一行，还要及时领会"上级精神"并传达到位；严格审阅各种稿件，并且保证各项工作的顺利进行；生活AA制；禁止家庭与家庭、人与人之间的金钱借贷关系，以免引起经济纠纷等。

山枫不明白什么叫"严格审阅各种稿件"。

阿俊说："我们行业的稿件有三大类——电话稿、演讲稿和素质稿。"

"打电话事先还要打稿子？"山枫听说某些重要机构来往电话可能要稿子以免误传指示；还有诈骗电话要稿子，以免露出诈骗真相。

关于电话稿阿俊是这样解释的，写电话稿是为避免打失误电话。每位业务员打邀约电话前必须写电话稿，写好后交给自己的推荐人或家长审阅，经审阅没问题后，才能去打邀约电话。为了确保每位业务员能更快更好地发展，不错过每一个发展机会，通常都会采用一种特殊的邀约方式。如果你打了失误电话，对于被邀约的朋友来说，他失去了一次机会，对于你来说则失去了一个市场。

《连锁销售生活经营管理二十条》制定得比较细，政治、思想、生活等方方面面都包括了，看似完美，但执行起来很难全面做到位。山枫想，到时为了挣钱，有些人会疯狂的，什么"二十条"会抛到九霄云外。

山枫认真学完了《连锁销售生活经营管理二十条》，阿俊、阿平也作了详细解释。转眼到了中午吃饭时间，因为有"生活管理二十条"不许随意在别人家就餐的规定，阿俊、阿平他们回自己体系房吃饭了。

下午,阿俊又带来一位新同事,叫阿友,是个模样俊俏的年轻姑娘。她带领山枫到盘江路去听阿涛做的高起点报告。据阿友介绍,阿涛的父母出局了,准备为他在杭州西湖边买座空中别墅,还要娶女主持人做媳妇。等他一出局,准备在六和塔的最高层举行婚礼,要让人们都能看到连锁销售给他们带来的幸福。

"我看期望值不要过了头,过了头,往往面临的就是'灾难'。"阿友吃惊地望着山枫说:"你怎么说出这样不吉利的话?"

山枫笑了:"我不说了。那我问你什么时候结婚啊?你们女人嫁人,有男人掏钱。你挣几十万,甚至上百万干什么用啊?"

阿友转过身拉着山枫问:"你看看我漂亮不漂亮?"

山枫认真看了阿友一眼,白嫩的瓜子脸上闪烁着一双大眼睛,马尾辫,穿着蓝白相间大格子短袖衫、褐色齐膝短裙,脚穿粉红色高跟鞋,线条突出,楚楚动人。

山枫说:"你现在年轻当然漂亮啦。"

"我挣钱就是为了现在的我。"

山枫不解地问:"什么意思?"

阿友说:"我现在漂亮,我要60岁、70岁也这样漂亮,那是需要钱保养,要美容的啊。我担心挣这么多钱还不够呢。"

山枫哈哈笑起来:"原来你的欲望就是永远不能失去美丽。"

到了阿涛那里,他照样是也倒上白开水,开门见山地说:"按照行业的规定把1~3份称之为'低起点',4~10份称之为'中起点',11~21份称之为'高起点'，与之对应的是三种不同的拿钱方式。有人做了个比喻，低起点是爬着拿钱，中起点是走着拿钱，高起点是跑着拿钱。'高起点'，有七大好处，少吃苦、跑得快、拿钱多、可移点、防超越、好管理、引力强。"

阿友深有体会地说："我刚开始接触这个行业的时候，感觉这个行业做起来难度太大，需要600个人才能成功，但是我一听完'高起点'，对连锁销售行业的态度就完全转变了，感觉并不是想象的那么难，如果每个人都购买11份，约55个人就可以成功。55个人相对于600个人，在人数和时间上都可以大大缩短，也就认可了连锁销售是一个短平快的行业，是人生成功的捷径。所以，我就毫不犹豫地买了高起点。"

阿友是受阿平的委托，陪山枫听工作介绍，发挥旁敲侧击的作用。

阿涛接着说："连锁销售本来只有低起点，所以做起来慢，需要两年半时间，后来通过实践和科学计算，也可以做高起点。这样就可以收缩时间，所以就产生了高起点。咱们来算一下，如果你胆量小只做了一份，你下面的朋友胆子大做了11份，你在他11份上也只能提成第一份，后面的下线提成更是越来越少。如果你做11份，首先你本身可以返回7600元，你在他的11份上除了可以提成第一份外，第二份到第十份都可以提成。像这样是不是多挣钱还跑得快。像这样做，只要55人就可以当上高级业务员。不是就能少吃苦，住经理室了？"

这版工作结束时，阿涛还强调说："一定要根据自己的实际情况，有多大脚穿多大的鞋。"

山枫在盘江路上边走边想，"高起点"需投资36800元。根据现在的经济状况，对大多数人来说还是拿得出来的。但假如发展不到人不能出局，那就麻烦了。到时候不舍得放弃，只能无限期地耗着，那也只有等幻想奇迹的出现。

下午时间还早，阿友陪着山枫来到穿云洞公园。这个公园地处兴义市中心区，植被繁茂，环境清幽。公园山体范围内，还有摩崖石刻；公园山顶游道贯通,观景亭、自然草坪、童趣园、雕塑园及浮标文化墙都分列道路两旁。穿云洞内设龛祀王阳明石像。

阿友进洞仔细地瞅瞅王阳明石像,问身旁的山枫:"我这么漂亮,为什么不把我的像雕一雕,塑进来,塑这个老头干什么?"

山枫回头看看阿友,想说:"你真无知"。转念一想也不怪她,虽然都在强调素质教育,但学校还在围绕着考试大棒在转。考什么教什么、学什么。阿友历史没学。

山枫说:"看来,你对历史了解甚少。凡被塑像的人物,都是对历史做出过突出贡献的人。就眼前的王阳明,他是中国历史上唯一没有争议的立德、立功、立言三不朽的圣人。"

"什么是立德、立功、立言三不朽?"阿友问。

"春秋时代有一本书叫《左传》。"山枫开始给阿友补习历史,"《左传》说,古有三不朽:太上有立德,其次有立功,再次有立言。立德是指新的道德标准;立功是新的建树;立言是新的学问。三者俱全的人,就是圣人。"

"啊! 那我差远啦。我能向他学习吗?"阿友问。

山枫说:"当然可以啦,这也是好事啊。曾国藩、梁启超、日本的伊藤博文、稻盛和夫等中外名人都把王阳明当作自己的心灵导师。后世无数王阳明的崇拜者,也向他学习,走出精彩人生,成就辉煌事业。"

山枫又讲起王阳明的小故事:"王阳明,名守仁。天生有特殊的气质,很不同寻常。他的母亲怀孕超过十个月才分娩。在他诞生之前,他的祖母梦见天神衣绯玉,云中鼓吹,抱一赤子,从天而降。祖父遂为他取名为'云',并给他居住的地方起名为'瑞云楼'。他出生后,五岁仍不会说话,但已默记祖父所读过的书。有一高僧过其家,摸着他的头说,'好个孩儿,可惜道破。'祖父根据《论语·卫灵公》所云'知及之,仁不能守之,虽得之,必失之,为他改名为'守仁',随后他就开口说话了。"

山枫又问阿友:"你几岁说话?"阿友认真地回答:"两岁就会喊妈妈,过

了半年才会喊爸爸。"

山枫笑着说："你当初如果坚持不说，到五岁后才说，那你现在就是圣人啦。"阿友被逗乐了。

她又问："看他的简介，是浙江余姚人，这里怎么为他塑像？"

"嘉靖七年，他任两广总督时，平定了西南部的思恩、田州土瑶叛乱和断藤峡盗贼。他给这里带来了安定和发展，所以这里的人们纪念他。"

"王阳明还有个主要思想，提倡'致良知'。"山枫又向阿友介绍说，"就是从自己内心中去寻找'理'，'理'全在人'心'，'理'化生宇宙天地万物，人秉其秀气，所以人心在知与行的关系上，强调要知，更要行，知中有行，行中有知，所谓'知行合一'，二者互为表里，不可分离。知必然要表现为行，不行则不能算真知。阳明学是明朝中晚期的主流学说之一，后来传到日本，对日本及东亚都有较大影响。"

他们走出穿云洞，阿友说："今天真高兴，遇到了王阳明。我要向他学习，走出精彩人生。"

山枫对阿友说："我在家给人讲一节课，都是180元。你也付点补课费吧。"阿友倒也灵活，转身买瓶矿泉水递到山枫手里，说："给你补课费。"

晚饭后，阿明、阿文两个大经理带上香蕉等水果来访。

阿明说："山枫，这几天辛苦了。我们行业是透明的，运作模式是科学的，分配是公平的，管理是人性化的。你还存在什么疑惑，说出来，我们共同讨论讨论。"阿文说："比如行业的文化理念、知识技巧、国家政策等方面，你认识是不是到位了，感悟深不深？"

山枫说："由于个人知识水平和能力问题，只能对行业有个初步的了解。比如，对国家行为问题、调控布局问题、立法问题、前景保障问题，还是很多疑虑。"

实际上这些问题，他们也说不清楚。

为了沟通，山枫和他们拉拉家常以及新闻趣事。他们决定由阿俊、阿平陪着山枫去万峰林观光，拜一拜万佛寺，再给山枫做做工作。阿友也要同行。

香沉泥字万峰山
天女散花西落黔
第十七章

万峰林由兴义市东南部成千上万座奇峰组成,从海拔两千多米的兴义七挷高原边沿和万峰湖北岸、黄泥河东岸成扇形展开,连绵逶迤至安龙、贞丰等地,总面积达两千平方千米,约占兴义市面积的三分之二,是国家级风景名胜区马岭河峡谷的重要组成部分。

阿俊说,西海龙王三太子被孙悟空追杀到万峰林,又被猪八戒拦住。实际上,凭猪八戒的功夫是拦不住三太子的。当时万峰林也只是沉睡的小山包。孙悟空追杀三太子的事,惊动了喜马拉雅山神。喜马拉雅山神请示观音菩萨,是否需要助孙悟空一臂之力。

观音菩萨说:"在我没有到达之前,你先和八戒合力堵住三太子,不要伤害他。"

喜马拉雅山神来到万峰林,站在叠帽峰上,一声呼唤,万峰立即隆起升高。喜马拉雅山神举起珠穆朗玛峰帅印,交给宝剑峰说:"今天令你挂帅,沙场秋点兵,列阵出征,擒获三太子。"宝剑峰不辱使命,领印布阵。

三太子沿马岭河向万峰湖逃脱,他跑到万峰林,刚想放慢速度缓口气。猛一抬头,猪八戒拦住了他的去路。他因无心迎战,躲过了猪八戒向他挥来的铁齿钉耙,腾空飞跃到八戒身后十八里。再一抬头,宝剑峰拦在他的面前。

三太子仔细一看,宝剑峰右手高举金光闪闪的宝剑,左手托着珠穆朗玛峰帅印,迎面拦住他的去路。再看看宝剑峰的左右,英俊挺拔的罗汉峰分列在两边,长矛斧钺向他挥舞。罗汉峰后面又有千万个群龙峰向他"张牙舞爪"。

三太子觉得自己无路可逃,只好跑到万佛寺暂时躲避起来。这时,观音菩萨赶到万佛寺,收编了三太子。

宝剑峰、罗汉峰、群龙峰、叠帽峰等协助孙悟空擒拿三太子,为唐僧去西天取经立过功。观音菩萨把山花绿树作为绶带披挂在他们身上,准许他们永立人间,守护着万佛寺。

山枫从神话传说中回过神来,举目遥望,峰林的形态各异。宝剑峰林,挺拔险峻,宛如沙场秋点兵,领兵出征;罗汉峰林,排列均匀;群龙峰林,逶迤连绵,似那群龙起舞;叠帽峰林,多系水平岩石组成,下部较缓,中部陡,顶部平,就像那头上高高的帽子。虽然每一类都各具特色,独立成趣,但又与其他景色相辅相成,组成了雄奇浩瀚的岩溶景观。万峰林不在山高却以那独特的风姿在云贵高原上跳动着。山枫咏诗道:

万峰林

天女散花西落黔,香沉泥字万峰山。

云停马岭牵河水,搂抱群龙共舞间。

万峰林景色丰富,登高远眺,青灰色的秀峰似林,黄绿相间的田野成片,村庄坐落其中,小河弯弯曲曲,宛如一幅浓墨重彩的山水画卷。

阿友边看边数着山峰有没有一万个。阿平告诉她,这是个概数,用"万"字表示这里的峰多。

不一会,她又异想天开了,催大家到万佛寺,要买一柱五百斤的擎天香。

她说:"我要燃烧这炷香,飘向蓬莱岛,请来观音菩萨,把这万峰林点化成万人连锁销售,接在我的伞下。到那时,我就是百万,不,是千万富婆了。"

山枫说:"蓬莱岛离这里有这么远,请的又是观音菩萨。我看擎天香太小了,只能请到观音菩萨的侍从。"

阿俊接上说:"你想请观音菩萨帮你做千万富婆,就不要买什么香,烧什么香了。先拿六百万,塞在观音菩萨的莲花宝座里。"

"啊,要这么多?"阿友惊呆了。

阿平说:"我看你也成神仙了,不食人间烟火。我们村里去年承包的公路拓宽改造项目,一千万得标。除去材料、人工费用,利润二百五十万,还送给县长九十万,分管副县长七十万,交通局长五十万。"

"乖乖,送这么多。少送一点不行吗?"阿友说。

阿俊说:"如果是你,不但钱要送,恐怕连你这个人都要送给他们。"

"我,他们不敢要。要了我,就要丢掉'乌纱帽'。"阿友俏皮地说。

山枫打断他们的逗笑,说:"你们扯远啦,还是多欣赏欣赏这万峰林的美景吧。"

他们边欣赏着万峰林,边向万佛寺走来。

万峰林里原来只有洞天福地。因三太子逃向万峰林时被猪八戒拦住,猪八戒高高举起钉耙死命地打向三太子,三太子腾空逃脱。这一钉耙挖在洞天福地的对面一座山峰上。由于八戒心存嫉妒,迷恋着安苗,想置三太子于死地,用力过猛,将这个万丈山峰挖垮一半。钉耙又陷入峰底,八戒双手左右旋转三万六千度,拔出钉耙,这座山峰旋即出现一个大洞。

兴义人为了记住这一历史,就把这剩下的半个山峰开辟为佛寺。请来了观音菩萨,为兴义人送子送福。又请来了弥勒佛,笑口常开,笑人间福如东海,寿比南山。请来韦驮菩萨做好安保,保一方太平。天下菩萨见万峰林"日出朝阳洒满谷""云霞明来或可睹"的景色诱人,也纷纷来此落住。后来菩萨越来越多,就叫"万佛寺"。

阿友一心想早日走出连锁销售,买了寺里最大的香。她也不知道哪个是财神菩萨,见菩萨就烧香磕头。

阿平说:"痴丫头,这里人称'万佛',你要烧一万柱香,花掉了钱不说,你要磕一万个头,膝盖磕碎了,我们背你回去可以,但没时间照顾你。"

阿俊说:"兴义大街上有一个卖鱼腥草的四十挂边男人,至今还没有娶老婆。你就嫁给他，让他来服侍你，也让我们在这里有个亲戚可走。"

阿友是个不拘小节的姑娘，笑着说："你们取笑得对。这么多菩萨，烧一个不烧一个，那我不就得罪了没烧到的菩萨吗？古话说：'冇一村，不能冇一家。'我得罪不起呀。那这个香，我该怎么烧？"

阿平说："我们也不能要你敬这个菩萨，不敬那个菩萨。我只给你提示一下，让你去悟，我们这个行业不也讲一个'悟'字吗？"

"原来，你也怕得罪菩萨啊！那就请你提示提示吧。"阿友催了。

阿平说："我们村里三货子，想请负责拆迁的林镇长多搞一套拆迁房，那要'烧香'啊。'烧'什么？他想了想，就送林镇长两万五千元钱吧。但他又不认识林镇长，这怎么办，他脑筋一转，顿时醒悟过来，明天村里不是要召开拆迁动员大会吗？那个坐在主席台中间讲话的人，肯定就是林镇长。会后，三货子把一个装钱的和几个装山芋的蛇皮袋塞给那个坐主席台中间的人，说道，'你家孩子喜欢吃山芋，带几个回去吧。'几天之后，三货子又多分了一套拆迁房。"

阿友顿时明白了，她拿着香，跑到佛寺大厅里第一排三个大佛面前。她想，这三位菩萨中间的那位，就像林镇长，是最大的官。先烧香拜中间的，再烧香拜两边的。阿友烧完了香，磕了三个头，在中间那个菩萨面前磕的最响。阿友站起来说："他们肯定能保证我早早走出连锁销售。"

阿俊说："做连锁销售要靠人多，这一万个佛，都幻化成人，接在你的伞下，你明天就出局了。光烧香拜这三个大菩萨，小菩萨有意见，不愿帮你。"

"刚才你们说，不需要一个个地去烧去拜，那现在又怎么办？"阿友急了。阿平说："你不用急，他的意思是你要丢香火钱。"

"丢多少合适？"阿友问。

阿俊说："礼多人不怪，一佛一元香火钱，这不多吧。万佛要丢万元香火钱。"阿友望着菩萨，目瞪口呆。

山枫说："佛教有个求财之道，即'有智得财富''得财须求智'。"

阿友望着山枫，认真地听起来。"'有智得财富'是说，具有智慧和求学智慧的人，他能得到一切有益的社会知识，这是'因'。有了智慧，有了知识，他的事业成功了，得到了财富，这是'果'。由此可知，佛教在鼓励人谋求财富时，是以社会应有的条件和方法为依据的，绝对没有不切实际的神秘主义的色彩。"

阿友说："连锁销售就有点神秘主义的色彩，什么一级不问一级的事。"

"那什么又是'得财须求智'呢？"阿友对知识是比较渴望的。

"'得财须求智'，首先提出了应为社会大众解决的经济、物质和文化生活等一系列问题。"

山枫继续讲解道："正所谓'欲满一切有情所求饮食、衣服、床榻、卧具、病缘医药、种种花香、灯明、车乘、园林、舍宅、财谷、珍宝、严具、伎乐及余种种上妙乐具。'此十四种项目中，'饮食、衣服、床榻、卧具、灯明'五种属于基本生活物质问题；'病缘医药'属于医疗保障问题；'花香、严具、伎乐及余种种上妙乐具'属于精神文化生活问题；'车乘'属于交通问题；'园林、舍宅'属于生活环境问题；'财谷、珍宝'属于财富或奢侈品问题。这六种问题的解决，即使在今天也是最好的政府和最优秀的社会学家所梦寐以求的事。解决这一系列问题的根本条件只有一个，即最后提出的'当学般若波罗蜜'。'般若波罗蜜'本义是指'智慧到彼岸'。唯有以此作为根本条件，才能有希望解决上述一系列问题。当今社会所提倡的很多价值观都属于'般若波罗蜜'中的应有成分，但尚未达到'到彼岸'的标准。"

阿俊说："'得财须求智'，不只就解决以上六个问题。还要解决一个更重要问题，就是教育投资。国家加大对教育的投资，每个家庭也加大对子女教育的投资。"

阿平说："阿友，你做连锁销售，凭你的聪明才智会忽悠，得了财。这叫'有智得财富'。你回去或在兴义结了婚，生了几个子女，又把这个得来的财，让孩子读书，读大学、读博士。这叫'得财须求智'。"

山枫笑了："阿友,菩萨说了'得财须求智',你在这里得了财,可不能花在美容上哟,要花在儿女教育上。"

阿友一脸茫然,心想,又结婚,又生孩子,要不到几年,我被连揉带拖,就变成老太婆了。'得财须求智',这是菩萨的话,又不能不听。阿友心里很矛盾。

阿平看出了阿友的心思,提醒她说:"到菩萨面前许个愿,帮你既求了智,又美了容。"

阿友这次站到观音菩萨面前,两手合掌,举在脸前,大声许愿到:"恳求大慈大悲的观音菩萨保佑我,嫁个像山枫这样有学问的人,生个像诺贝尔那样的儿子,再生个像居里夫人的女儿。"

山枫听了一惊,说:"这个丫头竟会说疯话,怎么能像我。我生的不是山上的松,就是山上的枫。他们只能吸收二氧化碳,给人类输送一点氧气,怎么能成发明家、有提炼'铀'的本事。感谢丫头的抬爱。"

阿俊对阿友说:"你这个丫头聪明过分。你认为聪明的儿女,教育上少花钱,也能求得更高的智,将来还能得到更多的财。做连锁销售得来几百万的财,全用在你自己美容上,天天花枝招展,年年招蜂引蝶,菩萨怕是不会同意的。你只有把连锁销售得来的财,全部捐出去,菩萨才能保佑你嫁个好老公,一胎生两个你想要的儿女。"

阿平说:"把连锁销售得来的财,是用在美容上,还是用在慈善上,由你选择。"

"这是个严峻的问题,阿友,可要慎重考虑哟,也是考验你的时候了。"阿俊说。

阿友说:"你们把我当取笑囊。不管怎样,我们今天都已挽住了万峰山、万佛寺这'两个万',这是我们做连锁销售的好兆头。"

阿友把大家都说笑了。

万峰如叶点红霞
鱼跃平湖奉出日
第十八章

在兴义做连锁销售的人,都要去万峰林、万佛寺、万峰湖。传说这三个"万",象征着连锁销售的380万。如果你去了,就有可能求得,不去就没有机会了。

休息一天后,阿友又要山枫去万峰湖看看。阿俊、阿平说忙,都推托不愿去。

山枫也推托说:"我不会水,怕被那'万'水淹着。再说,我们俩出门,被人家看到了,说我山枫在兴义蹲了三天,就抱着小三游万峰湖。传到我的单位,又让阿成到林镇长办公室报告三天三夜,又让林镇长召开三天三夜党委会,如何处理山枫。"

阿友说:"出去人家问我们是什么关系,我就说是师生关系。"

"那就更不行了,一个男老师带着一个女学生游万峰湖,性质就更严重了。你这个丫头,这不是游万峰湖,是想要我游'南湖'了。"山枫一本正经地说。

"'南湖'是什么地方?"阿友问。

"'南湖'是我们那里的劳改农场。"山枫告诉她。

阿友心里想,不能为观赏万峰湖的自然风光招来口实。为了稳妥起见,她请来了阿莲,三人一道去了万峰湖。

原来,西海龙王三太子在马岭河娶了、实际上是抢了安苗。结了婚后,准备建一个小西海作为后花园。他到万峰林观察地形,决定拦截南盘江,蓄水为海。

当兴仁、兴义出生后,三太子兴奋不已。在一个农历二月初二,来到万峰林挑选了两座比较方正的山峰,连根拔起,截住盘江口。他又调来西海水,小西海形成了。水抱着山,山捧着水,青绿起伏。他想,等兴仁、兴义长大了,这就是他们练字习武的好地方。

后来,三太子随唐僧去西天取经了,大家怕老龙王来霸占这片水域,搞出什么翻江倒海的事来,为了安全起见,人们把水放掉一部分,把"小西海"改为"万峰湖"。

山枫他们一行三人,往兴义城南驱车38公里,一个硕大的湖面映入眼帘,烟波浩渺,湖光潋滟,真是"高原出平湖"。沿岸民族山寨,独特的民居,诱人的风情,还有那少数民族姑娘们的服饰、头饰以及那动人的情歌和美好的传说,都吸引人到此一游。

湖内全岛、半岛、港湾、内湖交错,适宜的气候令四季可游,是一处旅游度假的理想地。由于万峰湖的故事比较遥远,让人感到"长在深山人未识"。

阿友走上吊桥,来到半岛上举目遥望,水天相映、碧波荡漾、鱼跃鸢飞、港湾幽深,又多与河流小溪相连。沿岸峰林、石林、溶洞、石坑、森林等众多景点景观各具特色。阿友欣喜若狂,非要山枫写首诗。

山枫说:"看到这湖光山色,写首诗是必须的。"很快,便写下了:

万峰湖

一天秋水绿无涯,谁问荷开不见花。

鱼跃平湖牵出日,万峰如叶点红霞。

山枫写好诗递给阿友,让她体会把实景写成诗的妙处。阿友接过山枫的诗,吟了一遍又一遍,说:"万峰湖里的一座座山峰,犹如擎天绿荷,在朝霞的沐浴下,又如荷花盛开。"

阿友又问山枫:"你诗中的朝霞是不是写我呀?"

"你说呢?"山枫反问道。

"因为我穿着粉红色连衣裙,一进入万峰湖,就像朝霞映在万峰湖,又如那荷花仙子,从天而落。电视如果播了我在万峰湖,那全国的游客都要涌向万峰湖。如果没有我,你的诗也不会写得这么美。"

阿友欣赏完山枫的诗,转身看看阿莲,阿莲表情木然,好像人在万峰湖,心在另外的地方飘荡。但她听阿友自己夸自己时,也没说话,撅起嘴,用右手食指在自己的脸上划了几下。阿友见是羞她的丑,跑上前,一把拉下阿莲的右手,说:"就是,就是。"

阿莲三十来岁,身体偏瘦。加入连锁销售已有一段时间了。为了全身心投入连锁销售,把家里千吨运沙船卖了。阿莲梦想着等连锁销售拿到了380万,再买一条万吨运沙船。可时间过去了许久,也没见到连锁销售带来的利润,卖掉了家里的经济来源,这个赌注下得太大了,精神压力让她缓不过气来。

阿莲站在岛上,偶尔看见湖岸边,垂钓人拖起一条条大鲤鱼,心里又舒缓下来。又一想,做连锁销售的人,不和垂钓一样吗,下好诱饵,就等鱼儿上钩。

实际上,连锁销售不是诱饵,做连锁销售的人也不是鱼。阿莲只是借"等"字,安慰自己。只有让时间来安排自己的命运。

"你既不是'霞',也不是'花'。"阿莲边说边指着湖岸边问,"阿友,你看那边人在干什么?"

阿友顺着阿莲指的方向看去,只见岸边站满了钓鱼人,上百根钓竿伸向湖中。一条条大红鲤鱼被钓上岸。

阿友明白了,说:"你把我比成红鲤鱼。"

阿莲说:"可不是吗?这些人,都是为你而来。如果不是我们在你身边,那些钓鱼线早已把你捆个严严实实,带回家,现在可能拜堂成亲了。"

阿友笑着说:"反正有你俩在,他们是捆不着我的。这么多人冲我而来,也说明我是有价值的人。"

山枫问阿友：“你的价值表现在哪里？”

阿友骄傲地说：“我年轻漂亮，这个价值不说。我去了万峰林，拜了万佛寺，今天又来到万峰湖，走了38公里，这与连锁销售的380万是多么的一致。这就预示着，我的梦想就要成真了，我就要做富婆了。到那时，我请阿莲做保姆，再请山枫写诗歌颂我，提高文化品位。经济与文化相结合，谁能说得清我的价值有多高？”

山枫提醒到：“可不要高兴得太早，防止掉到湖里，被打鱼的捞了去，做烧锅的。”

山枫说孔子有句话：“‘智者乐水，仁者乐山’。我们几人中，谁是智者谁是仁者？”

阿莲不假思索地说：“山枫是仁者，阿友是智者。仁者爱山，在千变万化的大自然中，山是稳定的，可信赖的，它始终矗立不变，包容万物，是最可靠的支持者；智者爱水，水则是多变的，具有不同的面貌，它没有像山那样固定、执着的形象，它柔和而又锋利，可以为善，也可以为恶；水难于追随，深不可测，不可逾越。”

山枫说：“阿友啊，你虽然是‘智者’，但阿莲对你的信任程度不高，可以从她的言语中听出来。”

阿友不解地问：“为什么对智者缺乏高度的信任？”

山枫解释道：“聪明人和水一样随机应变，常常能够明察事物的发展，‘明事物之万化，亦与之万化’，而不固守一成不变的某种标准或规则，因此能破除愚昧和困危，取得成功。即便不能成功，也能随遇而安，寻求另外的发展。所以，他们总是活跃的、乐观的，这是对水肯定的一方面。另一方面可能不一样，比如你做连锁销售，成功了你可能快乐；如果不成功，你就不像万峰湖这样平静了。”

“那像什么？”阿友问。

“那可能就像洞庭湖，衔远山，吞长江，浩浩汤汤，横无际涯；朝晖夕阴，

气象万千。甚至，霪雨霏霏，连月不开，阴风怒号，浊浪排空；日星隐曜，山岳潜形；商旅不行，樯倾楫摧；薄暮冥冥，虎啸猿啼。"山枫朗诵起《岳阳楼记》。

阿友说："我就是那种人？那为什么对仁者有那么高的信任度？"

阿莲说："仁爱之人则和山一样平静、一样稳定，不为外在的事物所动摇，他们以爱待人、待物，像群山一样向万物张开双臂，站得高、看得远，宽容仁厚，不役于物，也不伤于物，不忧不惧。"

阿友这时想做"仁者"，可又一想，我们女人是水做的呀，不爱水会受到惩罚的呀。

山枫说："我们对孔子的'仁''智'二者，不能理解偏了。实际上一个人应当仁智二者兼而有之。爱山之人也爱水，爱水之人也爱山。有仁有智，刚柔相济，这才是完美的人。"

阿友可高兴了，心里也舒坦多了。她说："听君一席话，胜读十年书。我既要做智者，也要做仁者。"

山枫说："那你又要交补课费了。"

阿莲说："她回去就是富婆了，不但要交补课费，还要请我们一餐。"

阿友说："那就预支一回吧。"他们走向万峰湖岛上的小餐馆。

吴亮和马各都开着八轮拉土车,在高速公路的工地上跑轮。平均年收入也有十几万。听说山枫在兴义做连锁销售,月收入是六位数,两人心动了。这天专程登门拜访山枫,想问问发财之道,谁知这个书呆子天天就会趴在书桌上作些诗,说不出个所以然来。两人不依不饶,认定山枫是挡着他们发财,山枫只好告诉了他们阿俊的联系方式,让他们跟着阿俊去兴义"发财"。在阿俊的介绍下,两人离开工地,跟着阿俊了解行业。

吴亮看看这些先来兴义的人,一个个穿着整齐,举止不俗。住着三室一厅房子,日不晒、雨不淋、蚊不咬,都过得白白嫩嫩。不像筑路工地上,脚一踩,黑烟一冒,鼓起灰尘,呛了鼻子呛了眼。

马各看他们,每天除了听工作,就是逛逛街,回到租住房喝喝茶。不像在筑路工地上,太阳晒在车顶上,像烤山芋的锅。晚上睡工棚,蚊子咬、汗直流,老婆怨声不断。

他们看看兴义,也没有谁喊捉谁,一派祥和的气象。又一想,就这样走走听听,一年半载,就是几百万的收入。

于是吴亮对阿文说:"我也分不清什么是传销,什么是连锁销售。你们能做,我就能做。"

马各也说:"我不管它是什么传和连,只要钱是真的,我就做。"

这两人也没有"瞻前顾后",各自要求申购自己的份额。

阿俊说:"你们俩申购,先要向大经理宣誓说:'我自愿加入连锁销售'。"

吴亮和马各不理解地瞪大眼睛望着阿文。阿俊进一步解释说:"通过听

工作，你们对连锁销售有了全面的了解。我们一再强调，行业适合每个人，不一定每个人都适合行业。自己要慎重考虑，不适合自己可以安全地回家。没有人控制你们，强迫你们，欺骗你们，引诱你们加入该行业。"

阿文也说："做任何行业，有投资就有回报，但也存在风险。假设你们没有成功走出去，不能把风险抛给别人。"

吴亮说："我们大男子大丈夫，敢做敢当。我家在城里已买了商品房，还有几十万的大车，不在乎这几个小钱。"

马各说："我家老婆开个大服装店，城里也有房子，拿这几个钱玩玩而已。就是不成功，就当赌瘾子，押在单上开个双。"

"回报了，自己揣着；风险了，揪住别人。这个丢人的事，我们做不出来。"吴亮补充道。

大经理阿文看他们加入行业的态度这么坚决，就拿出申购单让他们填上，并举手宣誓。

从此，吴亮、马各就是连锁销售的一个正式业务员了。

几天之后，吴亮乘坐1040次列车回家"探亲"，这列火车上有很多连锁销售人员。列车开到滨莱车站，上车的人特别多。这时，吴亮所坐的10车40号硬卧车厢，一下上来了二十多人。坐定之后，一交流，都是到滨莱做连锁销售的。睡在吴亮对面的是一位25岁的姑娘。据她自己介绍，她到滨莱不到三个月，就已经是大经理了。这次回家是结婚的，婚后再把新婚丈夫带过来，相信再过几个月，她就能生个"金娃娃"了。可能是奔波劳累，姑娘说着说着就睡着了。

一个美丽的姑娘，睡在吴亮身边。在微弱的车厢灯光下，他仔细地观察着姑娘美丽的脸庞，白里透着嫩红，引起了他许多"妄想"。"可惜。"吴亮叹了一口气，这是车厢，只能看不能动。稍一激动，就会留在铁路派出所蹲几天。吴亮只好收起了这个"妄想"。

三天后，车已到站。吴亮收拾行李，和姑娘打着招呼，依依不舍地下了车。

到家后吴亮甩下行李包，一把抱住老婆阿芳狂吻起来，不停地嘀咕着："多美啊，多美啊。"阿芳推开吴亮说："都老夫老妻了，还美不美的。"阿芳仔细一看，吴亮眼神不对，不看自己，老盯着北边看。因为火车上的姑娘北上了，姑娘的美，使吴亮产生幻觉。

阿芳心里想，吴亮肯定是受到什么美女的刺激。以前也是这样，在外见到一个穿低领的、短裙的，眼睛直勾勾地追着人家女人看。几次人家都报了警，派出所想拘留他，但没有证据。他没摸、没搂、没抱人家女人，只是紧盯着人家看看而已。法律也没有规定在大街上看美女犯法。

对于吴亮的幻觉，阿芳觉得也没有造成什么社会危害，也没有给家庭造成什么影响，就假装什么也不知道。

阿芳关心起吴亮在外有没有挣大钱，便问道："兴义那边的连锁销售做得怎么样？"

吴亮说："不但兴义那边的连锁销售做得热火朝天，滨莱也做得轰轰烈烈。昨天在火车上，遇到个二十几岁的美女，回家结婚。就睡在我的对面，伸手就能抱到她。"阿芳听到这里，知道他回家的怪异神情和举动的来龙去脉了。

"听她说，她到滨莱不到三个月，就升为大经理了。今冬明春，她说她就要生金娃娃了。"吴亮接着说。

"我们这里的人，在兴义做得怎么样？"阿芳问。

"阿明、阿文他们做连锁销售，做的有滋有味。山枫回家了，由阿俊代做。我和马各都要做，可他们不放心，要我们宣誓。"吴亮说。

"结果呢？""结果在阿俊的推荐和担保下，我们才加入了。"

阿芳这才松口气，又问："你回来有什么打算"？

"我把马各留下来，'守住阵地'，怕他们有什么变化。回家我想到工地上把拉土车处理掉，再邀上几个人，我们一道再去。"

阿芳打上五个溏心蛋，摆到吴亮桌前，转身去房间的壁橱里拿出钱包，等吴亮吃完，一道上街去服装店和皮鞋店，准备把吴亮包装一下。

原来，吴亮整天开着八轮拉土车在工地上跑，不是一身汗就是一身泥。有时拱车肚还染一身油，从没西装革履过。

吴亮想，这下我做连锁销售，暂时是业务员，过不了多久我就是经理了，就是管理阶层了，应当讲究了，穿名牌了。

阿芳也是这么想的，两人一致意见去专卖店。他们首先来到陵阳街最繁华地段的西服专卖店。选什么颜色呢？两人犹豫了。他们问店长，店长问谁穿？

吴亮看店长长得年轻漂亮，连忙向店长靠近一步说："我穿。"

店长看看吴亮，心里想，他这样的人，坐着像老嘎达，站着还是老嘎达，哪里适合穿名牌西服……但为了增加销售额，又不好推辞。她只好从穿西服的颜色对个人形象的影响上说起，让他们自己挑选。

店长说："西装是一个男士在正式场合所必须的着装，一个人西装穿得好不好直接影响到他的形象和领导气质。"

吴亮又凑近店长一步说："我马上就要当经理了，有几十业务员要听我讲话。"

店长说："你是要穿西服，让人看出你的气质。但随着季节的变换，西装的颜色也要随之变换。"

吴亮又靠近店长说："一年有四个季节，那我要买四套呢。"

阿芳眼看吴亮就要靠到店长身上了，一把把他拉到自己的身后，问店长道："每个季节该选什么样的颜色合适呢？"

"秋冬季节时选择颜色比较深的，有稳重大方的特质。深蓝色的西装给人以稳重、自信、认真、有智慧、有能力的感觉。浅黑色的西装穿上后会显得精神。浅蓝色、浅灰色以及灰色细条纹的西装在春夏季节比较理想。"店长只作了一个笼统的介绍，具体买什么样的款式、什么样的颜色，由他们自己决定。

吴亮说:"就按店长说的,每个季节买一套。颜色也按店长说的。"

阿芳拿出钱包付了五千多元。吴亮就在店中,换上了深秋穿的深蓝色的西装。

吴亮穿上西服,感觉很不一样,昂着头、挺着胸走到大街上。又来到皮鞋专卖店,买了一双单皮鞋和一双棉皮鞋。吴亮换上新皮鞋,迈着方步,神气活现地走在大街上。

吴亮听人说自己买的皮鞋是中国名牌,但也有人说别的牌子是中国名牌。吴亮跟阿芳商量,干脆把所有叫得上名字的牌子都买个遍,省得让人争论不休,你说哪个牌子好,我就穿哪个牌子。于是,吴亮和阿芳又向别的专卖店走去。

买好了皮鞋后,吴亮说:"就缺公文包了,将来做了大经理,公文又多,还有开会作的报告、下访视察发表的讲话记录,以后都要作为重要文献存档的。遗失了就会给连锁销售带来重大损失。"

阿芳说:"是的,你穿上这套西服,虽然裤子长了点,但领导者的风度,我还是能看出来。"

吴亮和阿芳又向市桥头公文包专卖店走去,当吴亮发现店里全是男营业员,转身拉着阿芳离开,走向十字街公文包专卖店。吴亮看见店里年轻漂亮的女营业员,笑嘻嘻地迎上去,问到:"美女,像我这样有领导身份的人,应该拎什么样的公文包适合?"

美女店员模仿电视台的播音员说:"公文包是男人的隐形名片,不同职业的男人都有适合自己的公文包。一款适合自己的公文包是品位的象征,突现男性的阳刚之气和优雅内敛的风貌。公文包并不是越名贵越好,适合自己才重要。无论是哪种风格,任何一个忽视了的细节,都会让整体装扮大打折扣。"

美女店员像放鞭炮一样"叭叭叭"背完广告,又含情脉脉地带着微笑注

视着吴亮。吴亮有点神魂颠倒，认为女店员看上了他这个有领导风度的未来大经理。实际上这是女店员的微笑服务，对每一个顾客都是这样。

阿芳连忙站到吴亮和女店员的中间，以防他又想贴近人家姑娘，说："你看他选什么颜色、什么款式适合？"

美女店员又做起广告："选择公文包最好与服装色调统一，由于公文包颜色比较单调，所以以黑色配深色西服，黄色或咖啡色配浅色西服为佳……"

美女店员讲了一大堆，他俩还是没弄清买什么样的颜色和什么样的款式好。

吴亮说："我们按季节买了四套西服，按西服颜色买了皮鞋，那我们也按皮鞋的颜色和款式买四个公文包。我每天穿着都不一样，让人家刮目相看。"

阿芳说："那也只有这样了。"于是他们又买了四个公文包。

因为购物太多，出租车装不下。最后他们请了一个清洁工，用拖垃圾的板车，把西服、皮鞋和公文包送回家。

吴亮把头发吹了个三七分,抹上油,乌亮乌亮的,穿着深蓝色西服,手拎公文包,脚蹬皮鞋。因为承包高速公路的土方项目经理经常穿皮鞋,到工地上检查工作,所以他也要穿皮鞋,无声地告诉他,我即将是经理了,我俩平起平坐了。

来到工地上,工友阿安首先看到吴亮这身光鲜的打扮,连忙喊来阿兵,还有工地上所有开八轮拉土的,大家都惊呆了。

阿安说:"吴亮,离开我们就这么几天,怎么就发财升官了?"

吴亮见了大家,也没有回答阿安,拿出高档香烟散了一圈,然后站在一个高坡上,抬起右手臂,猛地张开右手掌。"大家好。"吴亮向下一看,一大片人抬头看着他。吴亮顿时热血沸腾。

吴亮又想,这一挥手,我就是将来的大领导了,要"亲民",要走到人民中间去。于是他又走下土坡和大家一一握手,说:"同志们,辛苦了。"

阿安真的把吴亮当领导了,紧握吴亮的手说:"大领导,这拉土修路太辛苦,我和阿兵想跟你干。"

大家听阿安这么一说,都要跟吴亮干。

吴亮眉头紧锁,看看大家确实辛苦,一股"爱民"之情涌上心头。他又站到土坡上:"同志们!"吴亮这一声,是模仿京剧《沙家浜》中郭建光的台词。当他正要往下说时,土方项目经理来了。

"吴亮,你这是在干什么?"经理问。

阿兵说:"我们想跟吴亮干。你看他离开就这么几天,就西装革履了,还当领导了,抽的是中华香烟。"

阿安说:"大家都要跟他去。"

经理走到吴亮面前说:"这条是上海通往西藏的高速公路 B 段工程,是西部大开发的重要通道,是国家重点建设工程。你要鼓动他们离开这个工地,延误了工期,你吃不了兜着走。"

吴亮也毫不示弱,说:"你是经理,我即将也是经理了,我俩平起平坐。你说这是国家重点工程。我那'1040 阳光工程',也是国家重点工程。"

项目经理听了一头雾水,心想国家还有什么"1040 阳光工程",也是国家重点工程。难道是什么秘密工程,为了保密就叫"1040 阳光工程"?

这个项目经理不敢说什么,心里想,等我回去报告大经理,大经理再报告总经理,总经理再继续上报,了解一下这个"1040 阳光工程"的来龙去脉。

吴亮看项目经理不敢作声,就更加胆大起来,以领导的身份吩咐道:"阿安,把我的后八轮开到项目部,不,你们愿意跟我干的,把后八轮都开到项目部,让经理兜下,结账跟我走。"

项目经理傻眼啦,这么多人一走,工程就瘫痪了。任凭他怎么劝解,阿安、阿兵等人都不肯留下,眼望着他们走了。结果这条高速公路延期一年完工。给国家带来了不可估量的损失。

吴亮带领着阿安、阿兵等人,从南京坐飞机到达贵阳机场。马各带着连锁销售人员,早已等在那里。等飞机一着地,吴亮刚一走出机舱门口,马各和拿着鲜花的连锁销售人员齐声高呼:"热烈欢迎,热烈欢迎。"

吴亮模仿国外领导人出访,站在机舱口,向下行注目礼,举起右手缓缓挥着,走下飞机。阿安、阿兵等人从来没有遇到这样隆重的场合,激动得热泪盈眶。马各代表兴义的大经理,和他们一一握手,对他们的到来表示最热烈的欢迎。

一辆大巴早已等在机场外,他们坐上车,途经马岭河大桥,来到兴义。

阿明、阿文等大经理,在富民路的凯旋大酒店备好一桌丰盛的酒菜等着他们的到来。

吴亮带着阿安、阿兵等人一踏进这富丽堂皇的五星级酒店，个个都惊讶不已。一见面大经理都纷纷作了自我介绍，也对他们的一路劳顿表示慰问。阿安、阿兵都说，到了这里，就像到家一样温暖。

阿俊说："这些客人今晚就安排酒店住宿。明天由马各带到已安排好的各个体系房住下，休息一天后，再听工作安排。"

一个星期之后，吴亮真的升为经理了，亲自主持每月两次的业务员会议。虽然讲话语无伦次，但顶着经理这个头衔，业务员对他还是不敢说什么。

吴亮在思考，能不能早一点升上大经理。他还在想，在这里长时间看不到老婆。因为孩子正在读书，又不能带过来。他一抬头，猛然想起表嫂洛梅。喜出望外，把她带来，跟在我的身边，对外就说是我的秘书。久而久之产生感情，晚上也陪我。有的当老板的选个漂亮姑娘先当秘书，后当情人。我马上是大经理了，也是大老板了，没有漂亮的女人跟随我，那多没面子。

虽然洛梅家有一辆跑长途的二十二轮大货车，但洛梅的丈夫患了尿毒症，不能开车。她只好将车卖掉，在服装厂打工。

吴亮盘算着，洛梅来了，加入连锁销售，可以增加他的人气，成功了她又成了百万富婆。到那时，洛梅还不往自己怀里钻。既解决了她的经济问题，我又得手一个美人，这是双赢。

吴亮想到这里，高兴得合不拢嘴。当晚就和马各商量，明天就坐飞机回去，一个带洛梅，一个邀约张晟。

张晟是县里屠宰厂经理，全县人民餐桌上的肉都是从他那儿售出。马各开大货车，是屠宰厂请的运输户，经常和张经理去北方拉生猪。一来二往，两人非常投机。

从机场一下飞机，两人打车回到藕山路。一人奔服装厂找洛梅，一人奔屠宰厂找张晟。

吴亮走到服装厂门口，门卫看他穿着西服，又夹着公文包，虽然不怎么协调，但又不敢问。两个门卫连忙走出岗亭，一个立正敬礼，目送他走进厂里。

吴亮来到缝纫车间，远远就看到洛梅在整理布料。再走近一看，吴亮眼睛又定了神。洛梅披着乌黑的长发，发丝流动着芳香。虽然三十好几，但眉清目秀，上身穿一件超短绿色春秋衫，腰系一根带着铜环的皮带，黑色高跟鞋，搭配着超短皮裤，几何线条里透着诱人性感。

洛梅理好布料一回头，老表吴亮站在身边，正直勾勾地看着他，洛梅脸上顿时泛起一阵红晕，使吴亮心跳又加速起来。

车间里的女工，都围上来。有的说，洛梅的老公出差回来，到车间接她了；有的说，洛梅的老公是个大领导；有的说，洛梅可幸福了。同事问洛梅吴亮是不是她老公，她也不作解释，问吴亮："几天不见，怎么就变样了？好像当什么大领导了？"

吴亮说："不错，我现在在做'1040阳光工程'，我已经是经理了。今天来就是想带你过去，帮我倒倒茶，做我贴身保姆。也给你买个高起点，参加这项工程，一切开支费用我来出。一年后，每个月给你六位数的工资，一直拿到380万后再说。"

洛梅车间的女工听了后，纷纷要求吴亮也要带上她们。有的说，我比洛梅年轻；有的说，我比洛梅漂亮；有的说，我比洛梅温柔；有的说，我比洛梅能力强。

吴亮环顾了一下四周，这些女工都水灵灵的。他选了个制高点，站上去，把右手向前一挥，摆出一个大领导的姿态说："亲爱的女士们，你们在这里很辛苦，到我那里去做连锁销售，也就是'1040阳光工程'，保证一年后你们都是百万富婆。"

洛梅见这些同事都心动了，她也心动了，迅速收拾好自己的女式提包，挽着吴亮就要走。厂里的女工纷纷上前拦住了他俩，请他俩等一等。

这些女工一起涌向厂长办公室,纷纷要求辞职,要跟吴亮走。厂里桑经理来到吴亮面前,看看到底是怎么回事。

吴亮向桑经理走了几步,还没等桑经理说话,吴亮先说了:"你也是经理吧？如果是,我俩是同级别干部。这些女工愿意跟谁干,有她们的自主权。你们不能强迫她们。"

桑经理说:"我们服装厂是县里招商引资来的重点项目,是县里的支柱产业,县里百分之五十财政收入都来自我厂的税收。今年我们又接下了上千万订单,现在接近年底了,你带走我们厂员工,造成的损失是要负法律责任。"

吴亮也理直气壮地说:"我们那里做的是国家扶持的'1040阳光工程',比你这个还重要。"

桑经理和那个修高速公路的项目经理一样,听了这个'1040阳光工程',也是一头雾水,怕它真是国家的什么秘密工程,也不敢再说了。只能眼望着他把厂里的女工都带走了。

桑经理回到厂部,把这件事汇报给厂长,厂长又把这件事汇报给县委,县委再逐级汇报。后来,服装厂的订单完成不了,引起了有关部门的重视。

后来据说,到了年终,服装厂只完成订单的百分之五十,延误合同,厂里赔偿了巨额的经济损失。

马各走到县屠宰厂的半路上,忽然想起我这身打扮有点寒酸。就是见了张晟经理,他也不相信我做的行业比他杀猪好。于是,马各又回到家里找老婆去专卖店,像吴亮一样包装包装。当马各回家推门一看,老婆正和一个男子两人在家客厅里喝茶聊天。老婆站起来介绍说,这是自己的大客户。

男子见女方的丈夫回来,转身寒暄几句就走了。马各简单地向老婆介绍了兴义的情况,说明了回来的原因。

马各赶在下班之前,来到屠宰厂,找到张晟经理。来到经理办公室坐

下，马各拿出中华香烟散了一圈。

张晟看马各几天不见，整个人都大变样。以前嘴尖毛长，胡子拉碴，每天都是那套沾满污迹的牛仔服，抽的是十元一包的贵宾松。现在却西装革履，蹬着大皮鞋，抽起高档香烟了。

张晟问："你现在不开车帮我们厂拉生猪，又去哪里发财啦？"

马各说："贵州兴义那里的连锁销售行业比较好，只要做个年把，就能挣个几百万。"

张晟说："我们过去最好的行业，就是四个轮子一把刀。我们现在的四个轮子一把刀，也做得不错啊。你做的那个行业，比我们屠宰厂的生意还好？"

任凭马各怎么说，张晟总是怀疑。

马各看张晟对连锁销售不太感兴趣，也没多说什么，回来把情况告诉了吴亮。

吴亮略皱眉头，思考片刻对马各说："不用着急，好事多磨嘛。明天看我的。今天我们都累了，先休息吧。"

第二天天一亮，吴亮让马各开着昨晚租来的奔驰轿车，带上洛梅，三人一道来到屠宰厂。这时屠宰厂人头攒动，车水马龙。这些人和车都是县里的猪肉零售商，起早来批发猪肉的。厂里上百号员工在各自岗位上不停地忙着。张晟正在检查每头猪肉出厂的质量和数量。

厂里的员工和批发商，都看见一辆乌黑发亮的豪车开进了屠宰厂，大家都认为县里起早来检查工作。

马各把车停放在一个臭气熏天的池窖边。那里没有人停车，也只有那里空着。

吴亮一下车，看见通往厂门口的小道两边站满了人，把公文包递给洛梅拎着，迈着方步，挥起右手："同志们早，同志们好！"

张晟连忙拨开人群迎上去，看见洛梅站在吴亮的左后侧，马各站在吴亮的右后侧。吴亮也连忙迎上去，伸出右手紧紧地握住张晟的右手说："张经理，辛苦了，辛苦了。"

张晟一看马各站在吴亮身后，就知道他们不是什么大领导来检查工作。他们来的目的，就是邀自己去做连锁销售。

吴亮首先介绍自己说："我和你一样，也是经理。但我穿的比你高档，我还配有女秘书。"

张晟转移视线看了看洛梅，束腰短褂，超短皮裤，还真是风韵迷人。洛梅一看张晟身材高大，健康魁梧，就在这一刹那，两人眼光一碰，火花一闪。

吴亮这时站到一个比地面高出一米的用来杀猪的水泥平台上。面向人群，又挥起右手说："屠宰厂的员工们，你们每天一身臭水一身血，年收入只相当于连锁销售收入的百分之一。"

平台下一片哗然。有的员工算了算，我们每月也有三千多块，一年也有三万六千块，奖金两万多块不算。我们是他们百分之一，那他们一年收入就是三百多万。有的人问："一年收入三百多万，这可能吗？"

实际上，吴亮自己也不知道他们的年收入是多少。自己只念过几年小学，什么百分数的也不会算。

吴亮见自己说走了嘴，连忙纠正说："我跟你们这么说吧，一年半载，收入肯定能达到三百万这个数。"

有人又问："一年半载，指的是一年还是半年，还是加起来一年半？"

有人议论说，别说一年半能挣这么多钱，就算两年或三年也能干。

吴亮又说："你们看我们做连锁销售的，哪个不是西装革履，过得白白嫩嫩的，当上了大经理还带女秘书，以后还开豪车。"

吴亮说完，由洛梅扶着下了平台。马各还没有说话，张晟就表态决心辞职跟吴亮去兴义做连锁销售。实际上张晟是冲着洛梅去的。

屠宰厂员工见经理要去做连锁销售，也纷纷辞职跟着经理去了。

事隔一天，县屠宰厂关门了。全县各个菜市场都没有猪肉卖。老百姓

的菜篮子,哪一天能缺肉?这一下子急坏了县委书记和县长们,当天就召开了常委会,动用紧急预案。工商,公安和其他各个局,都把所有的车辆调出来,分赴周边的各个屠宰厂调运猪肉,供应县各个菜市场,一定要让老百姓每天都能吃上肉。另外,县委还派有关领导,协助县屠宰办立即高薪招聘员工,迅速恢复生产。县里又抽调一个副县长,负责逐级上报,调查连锁销售是个什么性质的行业。

吴亮、马各带着张晟、洛梅从南京禄口机场坐飞机到贵阳机场。这一次是阿安和阿兵带着连锁销售人员拿着鲜花在机场迎接。吴亮和洛梅同时亮相在机舱门口，宛如国外领导人带着夫人出国访问那样气派，风光极了。

他们一路奔波来到兴义，大经理们也是在富民路的凯旋大酒店为他们接风。当天晚上，吴亮就要和洛梅住在一起。

阿俊说："我们'二十条'规定，禁止不正当的男女关系。"

吴亮说："我表嫂第一次出远门，来到这人生地不熟地方，又一个人睡一个房间，我怕她吓着。我不陪她谁陪她？"

为了连锁销售行业的"健康发展"，认真贯彻执行好行业的《连锁销售行业生活经营管理二十条》，杜绝不正之风，阿俊请来阿友陪着洛梅在酒店住下，以防吴亮的骚扰，给行业带来不良影响。

一个星期过去了，八版工作听完了。张晟和屠宰厂来的一班人，纷纷要求申购。唯有洛梅站在一旁不作声，满脸愁容。吴亮生怕她不申购，走了人，连忙从公文包里拿出三匝百元大钞塞到洛梅手里。洛梅还是站在原地没动，低着头，吴亮一把拉住她的手牵到大经理阿明跟前，说："洛梅申购了。"并握着洛梅的手举起来，帮她宣誓。

其实洛梅的这些动作是做给别人看的，说明不是自己要吴亮拿钱申购的，是吴亮自己要拿钱给她申购的。紧接着跟洛梅一道来的女工，也纷纷申购了。

申购一结束，阿明宣布，吴亮升任为大经理，明天由阿文、阿俊接到大经理室。

吴亮问："洛梅能不能随我同去？"

阿文说："大经理室是大经理的重要办公的地方。每天都有重要秘密文件批阅，不是同级别的人，是不能进入的。"

"那我能不能随时到这个地方来看洛梅？"吴亮又问。

阿俊说："从安全的角度出发，大经理出门都有办公室成员陪同，不得单独外出。"

吴亮听到这里，叹了一口气，早晓得我不当大经理，这样就不离开洛梅了。

"为了体现行业的人性化，你有什么话，就今晚对洛梅交代清楚。"阿文说。

大经理们办完事后，都各自离开了。

吴亮住的体系房，原来住有四人，有两人请假回家了。今天晚上就只有吴亮和洛梅两人。两人都按捺不住，抱在了一起……

早上，洛梅穿上衣服，做好早餐。吴亮刚吃好，阿明联系其他体系的一男一女两个年轻的大经理，把吴亮接到大经理室，这是大经理以下级别的人都不知道的住宿地点和办公地点。

吴亮借口收拾行李，又把洛梅拉到房里，掩着房门亲热。外面的两人见他俩拖着时间不出来，男性大经理就大声地咳嗽了两声，意思是催吴亮快一点。

吴亮拎着行李一步三回头，依依不舍地离开了洛梅。

另外两位大经理，将吴亮送到指定的大经理室后，并将吴亮与洛梅的不正常现象汇报给阿明和阿文。

几天之后，阿明召开大经理会议，决定举行一次"风雷"行动。

一天凌晨三点，兴义城内所有经理同时接到电话，立即起床，在半小时内赶到沙井街工商银行门口集合。几十个经理赶到时，几个大经理神情严肃地站在那里。阿明列队点了名，阿文部署任务。

阿文说："最近一段时间，我们对《连锁销售生活经营管理二十条》的学习有所放松，抓得不紧，有的男女业务员卿卿我我，公然违背我们的《连锁销售生活经营管理二十条》。今天，我们的任务是突击查房。一查，是不是按时起床；二查，是不是按时晨读'羊皮卷'；三查，有没有男女睡一床的。如发现情况立即汇报。"

阿俊就这些经理，每两人一组，分赴哪条街，哪个体系房都作了明确分工。

凡是住兴义的连锁销售人员，都要求按时晨读"羊皮卷"，就是美国人奥格·曼狄诺的著作《世界上最伟大的推销员》。据说，这是一本在全世界范围内影响巨大的书，适合任何阶层的人阅读。它振奋人心，激励斗志，改变了许多人的命运，这也被连锁销售利用，成了他们最好的"教材"。

这本书的主要内容是记载了一则感人肺腑的传奇故事。一个名叫海菲的牧童，从他的主人那里幸运地得到十道神秘的羊皮卷，遵循卷中的原则，他执着创业，最终成为了一名伟大的推销员，建立起了一座浩大的商业王国。

这十道神秘的羊皮卷中包含的原则有十条，简称"羊皮卷十大原则"。分别是：一、培养习惯；二、奉献爱心；三、坚持恒心；四、善于创新；五、珍惜今天；六、控制情绪；七、笑对世界；八、造就自己；九、付诸行动；十、努力学习。

连锁销售人员，要想成功走出去，必须要读'羊皮卷'，必须要学习这十大原则，遵守这十大原则。

太多的人都在忙于改善自己在物质社会中的地位，拼命地去占有一切，殊不知，生命是有规律的，只有遵循了一定的原则去生活才能获得成功，才能实现你的目标，从而改变自己的一生。

按行业要求，从业人员要每天读三遍，并填写成功记录。连锁销售的大经理们，规定连锁销售人员必须每天晨起读一个小时的'羊皮卷'。

就书中这'十大原则'和'十大成功誓言'看,它就是本好书。

作者奥格·曼狄诺自己也说:"当得知我的十道有关成功原则的羊皮卷,和手牵骆驼推销货品的小男孩夜间拜访伯利恒马厩、救助婴儿的故事影响了众多读者时,我十分激动。很多监狱中的囚犯们记住了破损了的书中的每一句话;众多戒掉毒瘾和酒瘾的人头枕此书进入梦乡;《财富》杂志五百强企业的最高管理者们数以千计地向其下属推荐此书;像约翰·凯西和迈克尔·杰克逊这样的巨星也推荐此书。"

连锁销售也利用《羊皮卷》来进行思想教育,规范行为,但事实并未如此。

在兴义的连锁销售人员,来自社会的各个层面,文化水平、思想认识、素质高低的差距犹如山上的树和草。真正读好"羊皮卷",遵循原则和誓言的,屈指难数。每天早起读一个小时"羊皮卷",也只不过是能背背文字,对于其真正的精神内涵,根本难以把握,而遵循其中的原则约束自己的行为,更是做不到了。

大经理阿俊部署完任务后,又回到大经理室,等待各路经理的查房汇报。规定早上八点查房结束的时间已到,大经理阿明的手机响起来,阿明打开手机免提,让其他大经理也能听到查房情况汇报:报告,盘江路正常;报告,笔山路正常;报告,沙井街正常;报告,幸福路……大经理阿明知道有情况,忙问:"怎么回事?""房内有女人洗澡,不让进。"幸福路那边报告说。"你们先撤回,我们来处理。"阿明指示道。

在兴义的连锁销售的大经理也好,小经理也好,都怕自己的体系房出问题。他们在奔赴查房的路上纷纷打电话,向自己的体系房通报信息。等查房的一到,都拿着'羊皮卷',轮流站着诵读,场面感人。

查房的目的是起震慑作用,真的查出问题,把人赶走了,那损失就大了。好不容易从家乡拉一个人来加入连锁销售,先期坐飞机的费用,吃喝房租等费用,都是推荐人垫付的,人走了,钱就泡汤了。更大的损失是这个人走了,你就失去一条线,你就失去"成功"的机会。

幸福路体系房有女人洗澡,不让查的就是洛梅。吴亮进入大经理室后,不得私自和业务员接触,或到体系房吃喝住宿,以免走漏行业的"秘密"。另外,吴亮和洛梅的私情已被其他大经理发现,所以对吴亮一言一行已有控制。吴亮再想和洛梅有偷欢的机会,那只有回到洛梅老家的猪笼里去了。

自从吴亮去了大经理室,洛梅的体系房其他三人回家邀约暂时还没有回来,只有她一人住着,很是寂寞。这天晚上,她找到了张晟手机号,发了短信。张晟接到短信,马上回个电话,问她在哪里。

连锁销售的体系房人员,白天或晚上出门必须有两人以上,一男一女不得同时出门,一人短时外出还要向家长请假。

张晟已经是家长了,今天晚上要单独出门,必须向经理请假。可这个经理住在另外一个体系房,张晟耍了个小聪明,也不请假,向同室内其他人谎说经理今天晚上有事要和他商谈,就住他那里,你们不用等我。

张晟出门连忙打个车,赶到幸福路,根据洛梅提供的地址找到了门牌号码,急匆匆上了二楼。洛梅把门一开,两人就拥抱到一起。门也来不及关,还是张晟用脚一勾,门才带上……

因为洛梅知道张晟要来,特意洗了澡,搽了香水,换上薄而透明的性感十足的连衣裙。

张晟离开老婆将近一个月了,洛梅跟吴亮苟且过,也有十几天了。两人一见面就搂在一起,什么伦理道德,什么家庭的责任,都被抛在脑后。

天将要亮时,张晟醒来打开灯,掀开被单,想再欣赏一下洛梅。这时房门被敲得咚咚响,还有人喊道:"查房的,查房的。"两个人吓得翻身爬起来,穿好衣服。洛梅不停地颤抖着,脸色发白,问张晟怎么办?

张晟脑筋一转,说:"今天死活不能开门。"说着迅速拿了个澡盆,放在房门口,又打了一盆水,让洛梅举过头,向澡盆里哗哗地倒水,边倒水边让

洛梅大声说:"今天就我一人在家,正在洗澡。你们要进来吗?那我开门了。"

房门外的两个男人一听惊呆了,赶忙说:"别开,别开。这个房我们不查了。回去我们向大经理汇报,你这里正常。"两个男人拔腿就向楼下跑去,以免别人说他俩偷窥女人洗澡,惹了一身"骚"。

张晟听到两个人下楼声,又走到朝街的窗户向下看,查房的两人走到了大街上,确实离开了这里。洛梅躲在门后瑟瑟发抖,张晟走过去把她搂在怀里安慰了一番,说:"我要赶快离开回去,应付我那里查房的。你不用怕,没事的。下次我们再约。"说完,张晟朝她挥挥手,迅速离开了。

第二十二章　荆棘花开桔山上　欲把阳光来收囊

荆棘花出生农村,年轻时也美丽了一乡。在农村有句俗话说:最美丽的姑娘,不是铁饭碗不嫁;美丽姑娘,不是手艺人不嫁;姑娘,只要扶犁稍的不嫁。

荆棘花的老公刘宝在当老师,而且还在一个有几十个学生的学校当了一把手。

荆棘花老公经常到教育局开会,那几千学生的县一中领导都和他平起平坐。荆棘花心里有点不平衡,她想,你现在是领导了,地位比我高,但巾帼绝不让须眉。我虽然当不了官,但可以经商,当个富婆。一个家庭,有当官的,有经商的是最好的组合。

荆棘花虽然经过多年的拼搏,收入水平还是没有超过老公。但在家里是"一把手"。她说一,老公刘宝不敢说二。哪里有压迫,哪里就有反抗。老公刘宝有时在荆棘花发脾气时,故意把茶杯往桌上重重一跺,表示"反抗"。

这时荆棘花就拿出比程咬金还狠的"三招":一滚、二跑、三上吊。她边滚边喊:"人民教师,嫌弃糟糠妻子呐";边跑边喊:"人民教师,找情人呐";边上吊边喊:"人民教师,逼我死呐"。

荆棘花的这"三招",把全校的师生,甚至是全镇的人都"招"来了。刘宝的老丈人来了,举起个方凳子就砸刘宝。

刘宝连忙跪下说:"岳父大人息怒,是我不好,是我没有把茶杯握紧,滑落到桌上,重了一点,响声大了一点。"

沙凤在姨夫刘宝当校长的学校读书,她站在一旁心想,每天旗下姨夫讲话,要我们学习董存瑞舍身炸敌人碉堡,学习黄继光堵住敌人机枪口,学习刘胡兰面对敌人铡刀面不改色心不跳,但姨夫自己面对自己老丈人举起的方凳吓得……说时迟,那时快,沙凤猛扑上去,趴在姨夫的背上,抱住姨夫的头,用自己小小的身体挡住举起的方凳。老丈人举起的方凳定格在半空中,没有落下。

老丈人放下凳子,说:"今天看在小沙凤的面上放你一马。人民教师,敢摔杯子。"刘宝的老丈人看看女儿荆棘花已经被沙凤的妈妈从梁上劝下来,便起身走了。

在场围观的人,都跷起大拇指夸奖小沙凤舍身救姨夫,有的说是舍身救校长,有的说是舍身救人民教师。大家一致要求,为沙凤申报"见义勇为"奖。

所以,这次荆棘花要出门做生意,刘宝也没有阻拦,阻拦了就怕荆棘花使出这狠命的"三招',惹祸上身。

荆棘花一生,就是要做个女强人,在娘家要强过兄弟姐妹,在婆家要强过丈夫,在外要强倒任何人。

有一次,她到棋牌室打麻将,八圈结束输了二百五十块钱。结果一打听,赢她钱的那个是回家探亲的志愿军人。陪他父亲打几圈麻将,让父亲开开心。荆棘花上前拦住了他不让走,说:"一个军人,不在边防为人民站岗放哨,回家赌钱,还赢人民的钱,这算什么军人?我要到你的部队举报你。"这个军人知道荆棘花说的意思,忙把二百五十块钱还给了她。

"烟花三月下扬州",荆棘花在这个春暖花开的季节,下的不是扬州,而是常州。她在常州找了个好地段,开了个汽车配件公司,自任总经理。每年也赚个十几二十万。三年后回家买了栋别墅。近几年,由于产品的更新换代,有点疲软。但荆棘花一年也赚个头十万。

沙凤上大学时,请姨娘回家吃"金榜题名"酒,荆棘花在酒席间偶尔听说吴亮、张晟等一帮人,在兴义做连锁销售,一年多时间就能赚三四百万。

荆棘花心里盘算开了,先暂停汽车配件公司的营业,做连锁销售,花个一年半载把那个三四百万拿回家,先买辆奔驰送给老公刘宝,让他开着到教育局开会,说不定局长还拉他坐主席台。

荆棘花通过自己的侄儿的老婆的阿姨的丈夫的侄女蓝平找到了吴亮,因为蓝平与吴亮同住一栋楼。一天晚上,在蓝平的陪同下,她拎两瓶好酒,来到吴亮家,要求参加连锁销售。

吴亮现在是大经理了,在兴义比市长还忙,每天都有"接待"和"访问",还要召开会议,没有空回家。阿芳以大经理太太的身份接待了荆棘花。阿芳听了来意后,连忙打电话给在兴义的吴亮。吴亮接了电话,在电话中说他正在召开与市长同等重要的会议,没有时间,请她们晚上八点来听"指示"。

荆棘花与蓝平在吴亮家等到晚上八点,果然,吴亮从兴义打来电话,要阿芳打开免提。吴亮在电话中说:"'1040阳光工程',也就是连锁销售,它是国家扶持的工程,要想加入,必须自己亲自到兴义来考察了解后再作决定。"

荆棘花对着电话说:"什么时间?谁带我们去?你现在是大领导,欢迎你亲自回来,我们愿意跟着你干。"这个"我们"包括蓝平,蓝平也心动了,也要去。

吴亮在电话中说:"我们这边特别忙,要求加入连锁销售的都在排队。你们等候通知吧。"然后挂断电话。

荆棘花这时急了,心里反而没底了。吴亮是自己还是派人来接我们,什么时间来接我都没有说。

两天后,荆棘花和蓝平又拎上两瓶"养脑液"送给吴亮儿子,保证服用后不用复习,就能考两个鸭蛋一肩挑。

阿芳又很客气的请坐、倒茶。然后,阿芳拿起手机,拨通了在兴义的吴亮的电话,把荆棘花和蓝平上门买了什么样的礼品以及要参加连锁销售的迫切心情,都一一作了汇报。

吴亮终于答应了,决定派马各和张晟回来接人,一个星期到位。荆棘花一下子站起来,连声说:"谢谢吴亮,谢谢阿芳。"

蓝平也站起来,摸摸吴亮儿子的小脸蛋,说:"也谢谢小宝贝。"

一家人都谢了,两人高兴地回家做准备去了。

曹凤从村里的领导岗位上退下来,趁精力还旺盛,想开辟第二产业,搞点创收。她看吴亮西装革履,拎着公文包,经常回老家看她们,还问寒问暖,好像当了什么大领导。她就主动到老家找到吴亮,讲出了自己想再创业的想法。

吴亮以领导的身份,打着官腔说:"国家的发展,还需要你们这一份力量。具体选择什么样的行业,我建议你去找马各,让他给你帮帮忙。"

吴亮故意不直接告诉她自己在做连锁销售,欲擒故纵。吴亮在老家只逗留了二十五分钟,就要回兴义了,说自己的公务太忙,这次是抽时间回老家看看老乡的。吴亮从公文包里拿出手机,"喂"一声,一辆奔驰车开来了,停在吴亮的身边,把吴亮接走了。

曹凤看在眼里,羡慕极了。同时,她的嫉妒心油然而生:原先是个土老巴,不如我风光。我退了,他倒风光起来。我一定要利用他,发展起来。

曹凤在家急了,找到吴亮住的小区,也买了两瓶酒登门。阿芳开门热情地接待了她。曹凤把自己的来意说明以后,阿芳连忙又拨通了在兴义的吴亮的电话,把曹凤的来意又作了汇报。吴亮说,我已告诉她去找马各。

曹凤立即向阿芳要了马各的电话,打了过去。

马各说:"曹姐啊,我听大经理吴亮说,你也要二次创业。我们都在做连锁销售,也就是国家扶持的'1040阳光工程',一年半载,就能拿三四百万回家。"

曹凤在电话中说:"马……马领导,这是个短平快的行业,正适合我,我肯定要做。什么时候回来,带我们过去?"

马各说:"要想加入这个行业,你还要亲自来兴义了解行业,行业适合任何人，但不一定任何人都适合这个行业。通过了解后，再作决定。具体什么时候回来，暂无时间。等你再邀上几个人，我抽时间来接你们。"

曹凤听了马各的话以后，兴奋不已。她以前在村里动员妇女"只生一胎好"的功底开始发挥作用了。她自己还没有了解什么是连锁销售，自己还没有加入这一行，就邀约了赤金。

她对赤金说："搞计划生育时，我常对育龄妇女说，'少养孩子多植树，十年就是暴发户'。吴亮在老家时和我是邻居，一年不到，他就西装革履坐奔驰。我们要像他一样，'多条心思多条路，三年就成暴发户'。"

赤金决定和曹凤一道去探一探。曹凤建议赤金再邀一个，多一个人多一份智慧和力量，在那里遇到什么问题好共同对付。

赤金说："我在繁阳镇，有个朋友叫樊昌，他在单位上班，原来也是个科级干部，已提前退下来。他是个有文化的人，党的政策他掌握的较好。请他也去帮我们参谋参谋。"

于是，赤金一个电话打过去，樊昌接了电话。赤金说："樊……樊科长，我想邀你一道，坐飞机去贵州玩一趟，路上的小费用，你就不用管了。"

樊昌一听，哪有这样的好事，满口答应。本来退下来无所事事，闲着无聊，出去玩又不花钱，谁还推托呢？

曹凤告诉阿芳，她有三个人要去兴义，阿芳马上电话汇报给了吴亮。吴亮一算，包括荆棘花、蓝平在内已有五人了。他吩咐马各和张晟，马上飞回家里，将他们带过来。

阿芳将荆棘花和曹凤联系到一起，相互认识，后来她们还结为姐妹。听说吴亮大经理派马各和张晟两位经理今天晚上到家来接他们，于是他们五个人在熙缘大酒店定了一桌酒席，为兴义回来的人接风。

由于飞机晚点，晚上十点马各和张晟才被接到熙缘大酒店。酒过三巡，已到十一点半，曹凤看看账单，二千五百块整。谁来付账呢？要是荆棘花等五人平摊，也要五百一人，他们谁也没有花这么多钱请过客。但谁也不

能找借口离开,怕吴亮知道,不让他们做连锁销售。

荆棘花说去洗手间,一会儿回到原位上,还没坐下手机就响了。荆棘花故意打开免提,女儿在电话中说:"妈妈,爸爸发高烧四十五度,快不行了,你快回来。"荆棘花拎起包丢下一句"你们慢慢喝酒,我们兴义见。"转身走了。

曹凤见荆棘花故意找借口溜了,自己也要想办法溜。于是,趁他们举杯喝酒之机,在桌下发了个短信。

实际上,他们已酩酊大醉,就是举起手机放在他们的眼前发短信,他们也看不清是什么?一会儿,曹凤的老公打来电话,曹凤也打开免提——"喂,孙子老毛病又复发了,现在,躺在床上不省人事……"曹凤眼泪哗哗地流下来,转身跑出酒店。

蓝平也想溜,樊昌拉住了她说:"不要担心,这个酒钱有人出。等会儿我们都到天上人间歌厅,你陪我唱首歌。"

赤金站起来说:"今天晚上,我们就酒在杯中,来日再聚"。站起身来,叫来小姐埋单。

小姐拿着账单,赤金指着马各和张晟说:"这两位是大经理吴亮派来的,请我们吃饭"。

小姐又转身望着马各和张晟。"望什么,我们大经理在你熙缘大酒店不是设立了一个账户吗?账号我都记得是'1040',你就在他账号上划一下。"张晟说。

樊昌对蓝平会意地一笑。

蓝平提议到天上人间歌厅去唱首歌,再尽尽兴。马各很长时间没有见到老婆了,急等着回家。他们也理解,就放马各回家了。

马各一回家,发现门反锁着,敲门敲了好一会儿,还没人开门。马各酒劲上来支撑不住了,顺着门框坐下,迷迷糊糊地等着。

门终于开了,马各一看,是个大男人,就是上次在自己家客厅见到的大男人，老婆说是她的客户的那一位。马各一看手表，自己已靠了一个多小时了。这个人在自己家干什么？马各连气带醉地跑到房间问老婆。

老婆一见，没想到老公在天快要亮时回家。她来不及穿衣服，就用被子严严实实地裹住自己说："那位大哥是我的大客户，非常关心我。听说我晚上胃不舒服，他买了药送来，刚出去，你就回来了。"

"你的意思是要我谢谢他了？"马各醉意朦胧地问。

"不用谢，不用谢。"这个男人说完，拎着房间垃圾桶里的垃圾袋出门了，垃圾袋里有许多他们用过的卫生纸。

马各经过一天的奔波，再加上晚上酒又喝多了，折腾的时间又过长，倒床就睡了。马各老婆赤身裸体，从被窝里爬出来，站起来，迅速穿好衣服，打来热水，帮马各擦了擦脸，又帮他脱掉鞋擦了擦脚，脱掉衣服，拉进被窝里。急着回家与老婆"团聚"的事，马各也只有在梦乡里完成了。第二天中午了，马各才醒，迷迷糊糊地想起昨晚的事，起身质问老婆，没想到老婆瞪着眼睛说："你酒喝醉了，在梦里看到的吧？下次再喝醉了，还不让你进门了呢，免得你乱想乱说。"

马各也记不清昨晚的事是真是梦，再也不敢说话了。

荆棘花、曹凤、蓝平、樊昌、赤金他们来到兴义，通过听工作，已经了解了连锁销售的基本情况，个个都兴奋不已。

荆棘花的汽车配件厂，是该市政府重点企业，是公务用车的定点配件单位。这一下，荆棘花要把配件厂关门停业去做连锁销售，是板上钉钉的事了。

蓝平每天在县一中大门口给学生炕烧饼。一个学校的学生早餐都是她供应。学生就爱吃她炕的饼不是她炕的饼学生不吃，甚至不吃早餐。现在她也要停业，做连锁销售。

赤金在县开发区开个998宾馆，吃、喝、唱、睡一条龙。县招来的外商都指名住他的宾馆。这一回，赤金也要停业，做连锁销售。

曹凤的欲望不高，现在住着的镇政府给的小楼面积不大，想做连锁销售赚一笔，到城里买一栋大商品房，做个城里人。

荆棘花等五人一申购，吴亮连升三级，现在是高级业务员了，据说相当于县长那么大的官。吴亮高兴极了，原来想当一个村民组组长，都没有人选他，现在一下子当了相当于县长那么大的官，回家一定搞贷款买辆奥迪，风光风光。

兴义做连锁销售的其他人听说吴亮升为连锁销售的高级业务员，走上了行业最高平台，所有业务员羡慕不已，纷纷给吴亮披上大红花，请吴亮作报告，介绍成功的经验。

浙江的大经理十天前就预约了吴亮来作"报告"，终于轮到了他们。他特意派一个年轻漂亮的女业务员站到吴亮面前，双手举起大红绸，几乎脸贴脸地给吴亮带上大红花。吴亮闻着她身上的馨香,再加上人又多,掌声又激烈,他被感动得热泪盈眶。

吴亮高昂着头挺着胸,迈着正步走向"报告厅"的报告席。"报告厅"实际上就是一个比较大的体系房,把有关业务员分批集中起来,有几十人听吴亮作报告。没有麦克风,用麦克风怕扰民,引来警察。

吴亮只有提高嗓门,放大音量说:"同——志——们——。"这一声又是模仿京剧《沙家浜》中郭建光的台词,同时还把右手掌有力地推向前方。他接着收起右手掌,两手撑在桌子上,把头从右向左,由高向低画了个圆说:"首先,要感谢推荐人山枫的上头的上头给我的一次发财的机会,如果没有上头的人,我没有机会接触我们这么一个好行业。要感谢负面影响,把连锁销售说成是传销,否则这个行业也轮不到我来加入。"实际"连锁销售"与"传销"就是一家"人"。

听"报告"的掌声此起彼伏,给吴亮带大红花的那位年轻漂亮的业务员始终站在旁边给吴亮倒开水,吴亮侧脸讲话时的口水溅了她一脸。

大经理这时站起来,又带头鼓掌说:"我们欢迎高级业务员吴亮,给我们讲讲他加入连锁销售的经过。"

"好。"又是一片热烈掌声。

吴亮略微端正了身子说:"好吧,我先讲一个'大力士塔'故事。从前西班牙有一个庄园主,他家有三口人,他和他老婆以及一个很小的儿子,另外他家还有一只大黄狗。有一天,庄园主接到镇上酋长的请帖,酋长的儿子结婚,请庄园主偕夫人一同去赴宴,由于请帖上写明了不准带小孩,庄园主正感到为难的时候,他家的大黄狗来了,摇摇尾巴好像在说,你放心地去吧,我会照顾好你儿子的。庄园主平时很相信这只大黄狗,便拍拍狗脑袋,意思是说,那家里就交给你了。然后,庄园主和夫人就去赴宴了。

等庄园主回来的时候,没找到自己的儿子,却发现大黄狗满嘴的血,嘴里还含着一只他儿子的鞋。他以为儿子被大黄狗给吃了,愤怒之下,庄园主便掏出手枪，啪啪两枪，打死了大黄狗。

这个时候，他的小儿子却从床肚里爬出来，问爸爸，'你怎么把大黄狗给打死了？'庄园主吃惊地问，'你没有出事？我还以为你被大黄狗吃了。'

儿子说，'你们走了以后，我到后花园玩，不知从哪里冒出来一条大蟒蛇，要吃我，我被吓晕了，幸亏这时大黄狗来了，把蛇咬伤逃跑了。然后大黄狗又把我藏到床肚底下。'

庄园主听了以后，非常后悔，就立了一座塔用来纪念大黄狗，这就是位于西班牙拉科鲁尼亚的大力士塔。

庄园主还在塔上刻了一句话，有谁知道是什么话？"吴亮讲完故事问道。

站在吴亮旁边那位美女业务员说："大黄狗冤枉。"

吴亮说："不对，翻译过来是'三思而后行'。一来到兴义，听说连锁销售，我认为是骗钱，就想'拔枪'把它当成大黄狗给'毙'了。古话又说'不入虎穴，焉得虎子'。于是我深入'敌营'，探个究竟。经过我的大脑认真做了'三思'，发现连锁销售是个好行业，再'后行'的。不然，就像西班牙庄园主后悔莫及了，那也就没有我今天挂着大红花，在这里做报告了。"

吴亮端起茶杯，望了望身旁的美女业务员，呷了口茶。女业务员也嫣然一笑，给他斟茶。吴亮格外兴奋，又讲了一个"三个囚犯"的故事。

"在美国有个监狱长，在他还有十年就退休的那天，进来三个都判了十年的囚犯。十年之后的同一天，监狱长将退休离开监狱，三名犯人也会正好刑满释放离开监狱。监狱长便想做一个欲望测试。

于是对三个囚犯说，'你们每个人可以提一个要求，只要不是让我放你们出去的要求，我都答应你们。'第一个囚犯是俄国人，他就要了一箱雪茄；第二个囚犯是法国人，他要了一个女人；第三个是犹太人，他要了一部可以打电话的手机。

过了十年，监狱长办理好退休手续，同时也帮三个囚犯办好出狱手续。他拿着出狱手续先去领俄国人，却看见俄国人鼻子里、嘴里全塞满了香烟，却都没点着，原来他忘了要打火机。

监狱长又去领法国人，法国人的牢房里有五个小孩，在叫他爸爸。

监狱长最后又来到犹太人的牢房里，看见犹太人正在打电话，监狱长问，'你这十年都做了什么？'

犹太人没有回答他的问题，却反问，'你看到监狱门口的那辆车了吗？'

监狱长说，'你是说那辆福特？那是来接我退休的。'犹太人说，'我说的是福特边的凯迪拉克，那是来接我出狱的。我在这十年用这部手机，和狱外保持联系进行炒股，赚的钱买了这辆凯迪拉克，我现在已是亿万富翁了。'这个故事我也讲完了，这其中有个小小的道理谁能讲出来？"吴亮讲完故事，又提了个问题。

站在他身边美女业务员说："我知道，俄国人的欲望是物质享受；法国人的欲望是精神享受；犹太人的欲望是超越平常人的最高享受。"

吴亮这次就像一个老师鼓励学生一样，鼓励美女业务员说："你真棒，能积极思考问题，积极回答问题。最主要的是一个人选择的不同，最后得到的也不同。"

吴亮说："我就是那聪明的犹太人，作了最伟大的选择——连锁销售。奥迪已在家里等着我。"

浙江的大经理站起来，代表听报告的人向吴亮问道："吴高级业务员，当时人们认为连锁销售是传销，都不敢参与。你怎么认定它是个'好行业'呢？"

吴亮又看看身边美女业务员，激动地又讲了个故事。

这是一个"一美元的故事"，他说："有个乞丐在报纸上看到一则启事，只要一美元就能买一辆轿车。他本不相信，恰好他住的地方离那地方不远，便当着是个玩笑真的跑过去，拿出一美元给了人家要买轿车。可想不到的是，人家真的给了他一辆轿车。

他把车开回家之后，心里不踏实，担心这个车存在问题，便重新开回去

问到底是怎么回事？

有个贵妇人告诉他，她丈夫在外面养了个情人，很是宠爱这个情人，特地给她买了一辆轿车。丈夫死的时候，将这辆轿车的所有权给了他的小情人，但把处置权给了她。

她非常嫉妒丈夫的这个情人，于是就在报上登了个启事，只要一美元就能买一辆汽车。

但一直没人来，只有这个乞丐敢来试一试真假，结果想不到的事情在乞丐身上发生了。这个乞丐回去之后，把这个事情讲给别人听的时候，他左右的人都后悔极了，因为他们早就看到那个启事了，可是谁都没信。可这辆车便被这个乞丐得了。"

吴亮面对大家讲故事，侧过脸问美女业务员："你知道这个故事所反映的道理吗？"

美女业务员回答说："这个故事告诉我们，要善于抓住机遇。"

吴亮说："你离我最近，我的智慧已经有百分之八十传给你了。如果是零距离，我的智慧百分百传给你了。"

陪同的大经理听了把脸一拉，吓得吴亮一跳。原来这个美女业务员是他老婆。

吴亮赶紧收回话题，说到："故事的道理是，当机遇来到我们身边的时候，我们一定要把握住。当时山枫上头的上头的人说什么一年不到月薪六位数，两年多一点收入三百八十万。谁信？都吓跑了。唯有我，像那个乞丐，非要试试，结果真的实现了。"

其实吴亮所讲的故事，凡是做连锁销售的都讲，目的在引导新朋友转变思想，对于思想已经有些转变的人来说，觉得非常有道理，无论你碰到什么事情，不要只看事情的外表，一定要看清事物的本质；一个人选择的不同，最后得到的也不同；人一生中的际遇出现时，一定要把握住。更坚定了连锁销售人员的"信心"。

吴亮作完报告,顿时响起热烈掌声,还有人吹起了口哨,都纷纷要和吴高级业务员合影。吴亮笑嘻嘻地要和美女业务员合影,即将按快门时,大经理插在了中间。

　　吴亮作完最后一场报告,就带着大红花到连锁销售总部报到,上千人到兴义火车站欢送,个个掩泪而泣。

　　吴亮从来没有受到过这种高规格的礼遇,过去开拉土车,只有一溜灰土欢迎着他。他登上火车又像郭建光似的挥出右手:"同志们,再见!"

　　据说"总部"铺好了红地毯,大厅里也摆好了鲜花,就等吴亮的到来。当吴亮走下火车,"总部"打来电话,表示已经准备好机票让他"荣归故里"。

　　一阵百花礼炮响彻云霄后,吴亮被接回老家。乡亲们纷纷来看吴亮家出了什么喜事?原来吴亮不但人回来了,还开回辆奥迪,亲戚都来祝贺。来的人一了解,原来吴亮做连锁销售,一年不到就赚了几百万。

刘水原来是开二十二轮,拖白石跑大城市,一年收入二十五万左右。但公路上有许多美女陷阱。就是一个团伙,专门利用有姿色的女人出面引诱这些司机。当这些司机在路边饭店吃饭或在宾馆休息时,这些女人就温柔体贴地靠上去,问寒问暖,晚上主动陪夜。再本分的男人,对妻子再好的男人,都被融化了。

第二天,这些女人好像依依不舍地离开他们,又挽留他们,再玩一天,就带他们到一个牌九室玩几把。本来不玩牌九的人,在身边女人的怂恿下,也玩几把。结果,一千两千,一万两万赢到手。女人说:"你看不错吧,你的手气这么好,今天不来就可惜啦。"谁知这是这些团伙的罪恶的引诱。

刘水也是这样。有次出车,他被一个年轻貌美叫水花的姑娘给迷住了。水花的温柔,让刘水晕头转向,把身上带的加油钱都掏给了她。半夜水花要带他去玩牌。刘水摸摸腰包,只剩下买香烟的两百五十块钱。他又不想拒绝美人,正面露难色时,水花说:"亲爱的,在我这里,就像在家里一样,没钱我有。"说完从床头柜上的鳄鱼皮包里拿出一匝钱。刘水一看,不用数是一万。两人来到服务区旁边的牌九室,水花以情人身份帮刘水出牌收钱,推了五版子,赢了两万五千块。

水花说:"满板子,不推了,要见好就收。"两人走出牌九室,水花把赢的钱,一分不少地揣到刘水腰包里。刘水感激不尽,回到饭店的房间,又紧紧地抱住水花。

天亮了,刘水要开车赶路。水花紧紧地抱着刘水吻别,含情脉脉地说:"我等你下一次再来。"

刘水每三至五天一趟。这一趟刚到，水花就等在原地。第二天，刘水又被这女人带到牌九室，五板子下来，输了十万，刘水有点懊恼。

水花说："这有什么懊恼的，赌钱就是三把来三把去。你这次虽然输了头十万，你上次还赢了其中四分之一。我们再扳。"

刘水听了觉得也是，说："运输款还没有接到手，没钱。"

水花说："没钱怕什么，我在，钱就有。你再推五版子，下注不封顶。"

前两版刘水赢了十万。水花进一步鼓动说："你的手气上来了，让他们任意下注。"

天门说："刘师傅，你那车值多少钱？"

刘水说："上个月，有个人出八十万，我没卖。"

"那我就出九十万。"天门说着，摆上纸码。

水花说："你发财的机会来了，手气又好，赌一把。"刘水侧过脸来看看水花，水花含情脉脉"鼓励"着刘水。

但水花这"含情脉脉"的背后暗藏着杀机。如果刘水丢下赢的钱就走，因为玩牌九的都是水花的同伙，是不会让你带钱走的；如果刘水不去理睬这个天上掉下个"林妹妹"，如果刘水不贪图这个水花的美丽，刘水应该还是刘水。

刘水虽然排好四墩牌，但用自己车作赌注，心里在颤抖，全身冒冷汗，迟迟不愿抛骰子。

这时，水花握住刘水的手，把骰子抛了出去，"七对自拿三，天门得头关。"三墩牌一下就被三方握在手中，另一墩牌，刘水始终不敢拿。天门放牌九点，刘水慢慢拿起牌，用手指一摸，鳖十。

九十万的车，就被一个九点给赢走了。天门要刘水交出车钥匙，刘水回头找水花，水花早已离开牌九室，不见了踪影。这时刘水不情愿交出车钥匙，刚才各占一方玩牌的，拿着尖刀气势汹汹地围上来，其中一个说："输钱给钱，没钱拿车，不然就拿命。"

刘水空着手回家，对妻子谎称说自己醉驾，车子被交警队扣了，还罚自己两年不准开车。

刘水能瞒过妻子一时，但不能瞒过妻子一世。正在为难时，听说以前和自己一起开车的吴亮做了一年多的连锁销售，赚了几百万。他认为翻身的机会来了。于是也拎了两瓶酒，上门找到吴亮，要举手宣誓参加连锁销售。

刘水钱与车都输个精光，到了兴义没有钱申购。吴亮不顾连锁销售经营管理规定，仍然借钱帮他申购。

付石是斑马电动车漳河分公司的负责人，他和刘水是初中同学，交往频繁，走得亲热。听刘水说做连锁销售比卖电动车赚钱来得快，也跟刘水去了一趟兴义，回家便关门改行。

付石这一走，斑马电动车年销售量锐减，大量产品积压，销售不出去，资金收不回来，工人工资发不出，造成了巨大损失。

漳河的广大消费者，非斑马牌电动车不买。乡下务工者徒步进城，不仅消耗了大量体力，还消耗了不必要的时间，使工厂生产任务完不成，违反了合同，赔偿损失严重。

紫衣毛领人是付石在于湖县的老表，一手马桶抽得好，全县所有马桶堵塞的用户都打电话找他。紫衣毛领人上门疏通马桶，用皮虎疏通一次五十块，疏通器疏通一次八十块。他平均每隔一个小时就接到一个电话，摩托车的两个轮子跑得不着地，到业主家，先用皮虎不痛不痒的捣两下，请业主看一下捣不通，换用疏通器，三下通了，八十块钱到手了。

这一天，紫衣毛领人在全城跑了二十五户，疏通了三十个马桶。这一天，他挣了二千五百块，有一户给了九十块，还多十块给他作小费。

据紫衣毛领人自己说，一个月能遇上好几个"这一天"。

紫衣毛领人正准备买辆轿车，喷上"马桶达人"广告，疏通各家各户时，付石邀他去兴义做连锁销售。

因紫衣毛领人走得突然，全城这一天又有二百五十户马桶堵塞，都打电话找紫衣毛领人抽马桶。他回话说，自己在兴义做连锁销售，一年之后，就是百万富翁了，不抽马桶了。

这一下，"堵户"们急了，一时找不到别人会抽马桶的，家里臭气熏天，一连好几天，堵马桶的越来越多，臭气从各户溢出，散漫全城。政府赶紧给每户免费发放十元一个的疏通器。环保局全体干部职工，挨家挨户上门指导抽马桶。原来请过付石抽马桶的用户，大呼上当，一个十元的劳动工具，竟然被他要价八十块。这是于湖的"黄大锤"。

计学法原来干过合同交警，开始很认真，白天在公路上维持交通秩序，晚上刻苦攻读各种法律知识，法律水平不断提高。如果他继续努力，再自修大学，可能招为正式干警。但他不甘清贫，经不起金钱的诱惑，结果被解聘。

几年前，交警队经费不足，经常借用计学法的二手桑塔纳小车，在他的车顶挂个旋转警灯巡逻，不定期在各个交通要道设点查车。时间一长，经常跑这些路段的司机，一见这辆车就主动停下来接受检查。

计学法掌握了司机这一特点，下班时偷偷把车开到那些当天不检查的路段，挂上警灯，私自查车罚款，搞个千儿八百回家。

久而久之，司机发现不对劲。以前，虽然也是这辆挂着警灯的车查车，但都是两个或两个以上交警共同执法。对必须罚款的车，其中一人开票，一人收款并开出收据。

刘水注意到了计学法的这一违法行径，准备取证。

这一天，刘水装着一车石料正往目的地赶，准备夜里和水花约会。他刚把车开入本地界，一辆闪着警灯的黑色桑塔纳靠上来，计学法示意他停车。

刘水靠右停好车，计学法围车绕一周，实在找不出什么罚款的理由。突然，他发现车的近光灯，左边亮一些，右边的暗一些。

计学法说："你车左边的近光灯亮度超过右边，容易刺伤迎面行车司机的眼睛，不合格，要扣车修理。"

刘水知道扣车是假,罚款是真,说:"厂家正等石料,没有时间修理,您开个价吧。"

"看你是很急,那你回来一定要修好,"计学法说着举起右手的食指。

"罚款100块?"

计学法摇摇头,并把右手食指尖和大拇指尖接起来成一个圆。刘水这才领会到,100的后面再加个零。

刘水的副驾驶室里坐着石料厂的厂长,带着照相机准备去大城市看看,刚好把计学法的查车罚款全过程拍了下来。刘水把这些照片印出来,送给了计学法所在的交警队。

这让计学法吃不了兜着走了。

计学法被赶出了交警队,失业了。他想到各个乡镇派出所去应聘协警,因为有劣迹,都被各种理由推辞了。

有一次他在汽车站闲逛,一辆大巴从南京到站。车刚停稳,怡红街的小姐纷纷上前拉客住店。一位七十左右的大爷,有高血压,下车时天旋地转,误把怡红街的小姐当成自己多年不见的远房侄女,便跟着来到小姐的住处。

计学法灵机一动,这不是嫖娼吗?他知道举报一次违法行为,可是有举报奖励。他边跟踪到这位小姐的房间,边拿起手机报案。

小姐一进房门,就要大叔洗澡。大叔认为侄女很讲卫生,怕自己坐车,把什么传染病毒沾染身上,传给她们。大叔毫不犹豫地脱衣洗澡。这时,小姐已把自己的衣服全部脱光躺在床上。

派出所所长带着两名警察五分钟赶到举报地点。大爷正洗好澡站在房门边,听有人敲门,误认为自己的侄女婿回来了。

打开门,大爷傻眼了,三名警察站在眼前。警察进门一看,一个小姐一丝不挂地在床上斜倚着。大爷这才看清,吓得往地上一躺,一句话也没说,晕了过去。

大叔醒来时，一张六千块钱罚单摆在眼前。大叔以前也是个领导干部，退休后出现这档子事，传扬出去，根本说不清楚，自己成了晚节不保。子女们也都在政府担任要职，如果知道了这件事，让他们怎么做人。大爷想到这里，也不敢声张，也没有让子女来找当地讨个说法，退一步说，就是找到了，也给人捞一个笑柄。

　　大叔拿出银行卡跟警察到银行取出六千块交了罚款。计学法早就把手指扳了好几遍，就算按罚款的百分之三十计算，这一次也能得奖金一千八百块。

　　计学法心里想，一次举报的收入，就是我原来在交警队将近一个月的收入，这是个别人还没有发现的"新大陆"。于是，他每天都在车站转悠。

　　有一次，一个少妇的丈夫回家，她来接站。计学法也跟踪，等人家夫妻双双回家关上门，他拿出手机举报。

　　人说久别胜新婚。小夫妻俩一到家便亲热起来。正在兴头上时，咚咚咚，突然有人敲房门，夫妻俩也不知道是谁这时候登门，便不予理睬。

　　计学法急了，把警察拉开，甩起一脚把房门踢开。对房间里一看，一男一女赤身裸体抱在一起。

　　计学法不是执法人员，不便进入，退出门外。不一会儿，派出所长一脸严肃地走出来，带着随身警察回派出所了。

　　计学法跟在所长后面想，这一次，罚款数额应当和上次一样，自己又要得奖金了。

　　谁知一到派出所，所长就拿出手铐，把计学法铐起来，说："你报假警，扰乱了市民正常生活，违反了《治安管理处罚法》第二十三条第一项的规定，其行为妨害了公安机关正常的工作秩序，依法应给予治安行政处罚。"。

　　计学法还狡辩："你能确定他们不是嫖娼？"

　　所长说："我们看了他们的结婚证，这还能有假吗？"

　　这一次举报，计学法的损失就大了——拘留了十五天，没收上次奖金，还处罚金两千五百块,因为他踢坏了人家的房门。

他想,举报嫖娼,人员复杂,风险较大,一不小心就会弄错,反坑了自己,应该赶紧换条路子。

计学法回家,晚上在村子里溜达,忽然发现村里人都喜欢打麻将,大半夜的东一家西一家还亮着灯,哗哗地搓着麻将。

计学法知道赌博是按照《中华人民共和国治安管理处罚法》第七十条规定进行处罚。第七十条:以营利为目的,为赌博提供条件的,或者参与赌博赌资较大的,处五日以下拘留或者五百元以下罚款;情节严重的,处十日以上十五日以下拘留,并处五百元以上三千元以下罚款。

计学法绕村一周数了数,一共有十家在打麻将。这符合《中华人民共和国治安管理处罚法》第七十条规定的"以营利为目的,为赌博提供条件的"。每个桌面上都有百元大钞,这符合"参与赌博赌资较大的"。村里男女几乎每天晚上都聚众打麻将,这符合"情节严重的"。他又初步估算了一下,又是一笔不小的举报奖励。他兴冲冲地准备按照东南西北的顺序,每两天举报一家。

东边第一家是计学法的大老爹,由于年岁较大,晚上瞌睡少,经常把村里几个老爹和几位大妈找来玩几圈。

这一天,几位老人刚玩三圈,只听外面有敲门声,大老爹认为儿子晚上抽空从城里回家看看。门一打开,一辆警车停在门口,车上下来好几个警察。

所长进门一看是几位老人在娱乐,转身要走,被计学法拦住了,说:"所长,你看他们桌上口袋里有'大钱',都是打麻将的赌资。这些都符合《中华人民共和国治安管理处罚法》第七十条的处罚规定。"

所长转身对几位老人说:"你们几位老人家,晚上要早点休息,注意身体,不要影响到邻居。"转身又要走。

计学法拦住大门说:"我今天举报赌博,你应按照规定严惩。罚款三千,给我应得的奖金。如果你不罚款处理,我可告你不作为。"

"这件事,我回去报告局长以后再处理。"所长说完,示意两个警察,将计学法架到大老爹的麻将桌旁坐下。所长一行开着警车走了。

大老爹和同村的几个长辈们火冒三丈。大老爹拿起门拐的扁担朝计学法腿肚上扫去。计学法一跃,跳到板凳上躲过去了。几位大妈抓起麻将砸向计学法的脸。

计学法抱头鼠窜,大老爹边追边呵斥道:"村里人玩玩小麻将,你哪只眼睛看到我赌钱了! 你再举报,我非把你塞到茅坑里呛死!"

计学法想靠举报挣钱的计划又一次落空了。

刘水由于举报计学法敲诈,使计学法失去在交警队上班的机会,今天又看他十分困窘,于是就介绍他参加连锁销售。刘水找高级业务员吴亮借钱帮计学法买了到当地的飞机票,换车到了兴义。听完"工作"后,计学法心理盘算开了,如果连锁销售是正当行业,我就利用他们给自己发一笔;如果连锁销售就是传销,就把自己上线二百五十人和下线二百五十人记好,以便将来举报得奖金。这时计学法的心情格外地激动和舒畅。

计学法在兴义忙开了,别人起劲地去宣传连锁销售的好处,卖力地去动员更多的人来参加;而他一心收集上线的名单以及他们在银行的资金来往,在银行窗口边垃圾桶里捡拾他们丢弃的小票。

洛梅对张晟念念不忘，隔三差五要到旅社去一次，由于连锁销售行业的透明度越来越明显，被多数人认为是传销，心理防范提高，加入的人越来越少。

洛梅她们的经济来源成了问题，以后晚上和张晟就到兴义城中桔山去约会。洛梅想，虽然在山上，但也是惬意的，天上的星星羡慕她的快乐，睡在旁边坟墓里的人也羡慕她的快乐。唯一不快乐的是旅社，少了她这一笔收入。

吴亮再向洛梅提出要求时，洛梅说："你即将是高级业务员了，是大领导了，要作风正派，注意影响，要带头执行《连锁销售生活管理二十条》。"她找出各种理由推脱吴亮的要求。

吴亮也想，洛梅说得有道理。自己即将是高级业务员了，是连锁销售这个行业的最大领导，应当要从自己做起，树好榜样。否则上梁不正下梁歪，行业就会潜伏危机。吴亮还尚未知道洛梅已是张晟的情人了，强忍着收起欲望，想抱一抱洛梅都没有实现，失望地走了。

几天之后，吴亮就升为高级业务员，出局了，就要离开兴义。洛梅和张晟每天都一道，手挽手，腰贴腰，散步在兴义的拐拐角角。

付石偶尔撞见洛梅和张晟的那种亲密劲，心里痒爬爬的。他想去找蓝平诉诉情。

蓝平久别丈夫，突然一个男子牵手示爱，心血莫名地冲动起来，晚上应付石的邀约，准备住旅社。可好久没有人来做连锁销售，没收入了，他们也来到兴义的桔山上。两人站在山顶观赏着兴义城的辉煌灯火，与天上璀璨星星浑然一体，一阵清风吹来两人都格外兴奋。

忽然，蓝平身后的树叶哗哗响起来，吓得蓝平扑到付石的怀里。付石紧紧搂住蓝平热吻起来，蓝平抱住付石顺势倒在身后的树叶堆上。

正当付石和蓝平脱衣亲热时，突然听到不远处坟墓边，有女人的哭泣声。两人同时侧头一看，一个女人披头散发，好像是从坟墓里爬出来的，伸着舌头，颤巍巍向他俩移来。

付石吓得全身冒出冷汗，蓝平也吓得全身发软，爬不起来。付石起身迅速拉起蓝平，帮她穿好裤子，背起蓝平逃下桔山。

蓝平和付石刚才睡的树叶堆是洛梅和张晟共筑的"爱巢"。

今晚正好是洛梅和张晟"隔三岔五"的时候，他俩来到桔山上，发现"鸠占鹊巢"。洛梅要张晟把这两个偷情的狗男女赶走。

张晟说："不能赶，假如是熟人，照了面，谁都难堪。"

洛梅问："那怎么办？"

"我有办法，"张晟说着，把洛梅的长头发抖乱往前一披，两人躲到不远的坟墓边，让洛梅假装冤死的女鬼哭出声音来，还伸出舌头，向他们身边移动，把这对偷情的狗男女吓走。

果不出所料，蓝平和付石被吓得屁滚尿流地跑了。听说，付石被吓了之后，见女人就发呆。老婆见付石从兴义回家了，晚上特意把全身洗得干干净净，也不穿衣服躺倒床上，催促付石上床。但是，付石躺在老婆身上，怎么磨蹭也不行。老婆急疯了，爬起来问是怎么回事。

付石哪里敢说是自己在山上偷情被"鬼"吓的，只有谎称在兴义每天的工作都非常忙碌，自己感觉非常的劳累，而且自身压力也非常的大，可能导致身体疲惫。但以后几次都是这样，令老婆彻底失望，只好另找一个情人。

蓝平被吓了之后，雌性激素迅速减少。蓝平老公见老婆从兴义回来，亲自烧水帮她洗澡。但蓝平老公发现，夫妻分开几个月，蓝平却一点也不热情。当老公睡到她身边时，蓝平闭上眼睛就看见那个披头散发伸着舌头的"女鬼"又慢慢地向她走来，忽地一惊坐起来。再睁开眼睛，仔细看看，发现

在自己家里,睡在自己的床上,睡在自己身边的是自己老公。然后放心地抱着老公躺下,抛开"女鬼",回忆起与老公温存时的情景。再说洛梅装鬼吓走蓝平和付石,抱着张晟躺在树叶堆上,心里还有几分得意。

连锁"销售"带动了当地各行各业的发展。如按摩业,在外来人口不断递增时,按摩业也兴盛一时。洛梅所在的这个市,郊区有个泥巴堡,在一大片菜地上,用水沙砖垒起两间一组的按摩屋,每间朝外各开一道门,小屋没有窗,黑咕隆咚,有几十个。两间小屋的其中一间,放一张按摩床,紧靠中间隔着墙,隔墙靠床的一头有一个大洞,用布帘遮着。

刘水看到做连锁销售行业的,时间一长,像洛梅和张晟这样的不是夫妻的夫妻还有不少。在羡慕她们的同时,不甘寂寞的情绪涌上心头。

假山边的湾塘河岸的按摩小姐,穿着时尚,寻找按摩对象。

刘水吃过晚饭独自散步到菜地这边的按摩房,被一个高挑的穿着一身白色紧身衣的按摩小姐拉住,要为其服务。刘水被这个小姐的魔鬼身材迷住了,不觉心动起来。白衣小姐一看觉得有戏,趁热打铁说,按摩一次很便宜,只要三十元,抛着媚眼暗示还有其他服务。刘水随小姐上了出租车,直开到泥巴堡水沙砖垒砌的按摩屋。当你留心观察,会发现,每个小姐后面都有一个男子骑着摩托车跟着。

为了安全起见,防止刘水是警察或者记者,在离小屋二三十米处,白衣小姐先用亲昵的动作摸摸刘水全身,是否带有武器、刀具或摄像设备。这时骑摩托车的男子提前进入另一间黑屋隐藏起来。这类男子与这些小姐,有的是父女关系,有的是兄妹关系,有的是夫妻关系。刘水的这位白衣小姐和这个男子是兄妹关系,他要保护自己的妹妹不受侵犯,同时要配合妹妹盗走刘水的财物。

白衣小姐把刘水带进小黑屋,刘水一看,黑屋里只有一张肮脏的床,一块布帘挂在床头的中间隔墙上。白衣小姐要刘水脱下衣服,放在中间隔墙的布帘边。

刘水也没有多想，脏就脏一点吧。刘水脱完外衣，要脱裤衩时，被白衣小姐制止，要他躺下，用她那纤细小手胡乱地从肩膀捏到脚，又从脚捏到肩膀，反复几次。

白衣小姐用自己的小手垫在刘水的肩膀上，在自己的手背上拍了三下，示意按摩结束。刘水闭着眼睛等小姐上床，可是等了半天没动静了。他翻身一看，白衣小姐不见了，三十元按摩费也没有收，难道是免费服务？

刘水奇怪了，下床穿好衣服，准备掏口袋丢钱走人，不掏便罢，一掏吓一跳，口袋里两千五百块钱，还有一部手机都不见了。

刘水掀开放衣服边的布帘一看，布帘后面有个能容一人的大洞。刘水一下明白了，这是团伙设局盗抢。

据说泥巴堡的人，就针对外地来做连锁销售的人员干这一行，都发了大财。

若水流海不复还
跟风捆出伤残款
第二十六章

荆棘花关闭了常州汽车配件公司以后,她跟吴亮的委托人马各来到兴义,一心一意地做连锁销售。

开始认为,只要请来两到三个人做她的下线,下线再拉来两到三个下线,应当不是个事。半年了,荆棘花使用了浑身解数,都没有人愿做她的下线。问是什么原因,都摇摇头,说荆棘花是女强人,怕"强"不过她。其实因为连锁销售的欺骗性越来越强,大家都有了防范意识,加入的人也越来越少。

荆棘花也无可奈何,发展人是连锁销售的硬道理。她以长辈的身份将自己娘家哥哥的女儿丰年、女婿王顺拉来做自己的下线。

王顺实际上不顺,前一年骑摩托车赶往采石场上班,由于是石子路面,又是上坡,速度过快,摩托车两轮压飞石子,失去重心,连人带车滚下山坡。

王顺右腹部被树桩戳穿,肠子被拉出两米多。幸亏采石场工人及时发现,把王顺送往医院,缝了二十五针。妻子丰年晚上一看到王顺腹部上纵横交错的伤疤,吓得不敢上床睡觉。

王顺只好把房间的电灯拉掉,摸着上床,谁也看不清谁,减少老婆的恐惧。

根据国家《工伤保险条例》第十四条第六款规定:"在上下班途中,受到非本人主要责任的交通事故或者城市轨道交通、客运轮渡、火车事故伤害的",应算是工伤。

王顺符合第六款,得到采石场十万元的伤残款。

荆棘花为他们作了短平快的规划,先拿出伤残款,两人都做连锁销售,不到两年时间,连锁销售做成功了,每人三百八十万,两人就是七百六十万。王顺也就不用奔波打工了,到城里买套别墅,过着花园式生活,这是眼前的事。

丰年夫妇俩觉得姑姑说得对,再加上姑父是校长,也了解国家政策,不会让他们干什么传销等违法之类的事,欣然同意拿出伤残款,两人都愿意参加连锁销售。

连锁销售行业也有规定,凡是六十岁以上的、在校学生、现役军人、伤残的、有严重疾病的都不得邀约参加此行业。

在兴义的大经理马各将丰年夫妇的情况用电话汇报给已出局的高级业务员吴亮。

吴亮坚持原则,口头指示马各按连锁销售行业规定处理。

马各告诉丰年夫妇说:"高级业务员吴亮说,你们不符合连锁销售行业的规定,他将和总部研究。"

王顺知道,这是因为自己伤残,不允许参加这个"好"行业。丰年又和姑姑荆棘花商量。

荆棘花说:"你们和我一样,拎几瓶好酒到吴亮家,恳求他网开一面。"

王顺说:"吴亮是个坚持原则的高级业务员,这能行吗?"

荆棘花说:"如果不行,丰年就缠着他。吴亮在哪儿吃饭,丰年就在哪儿吃饭;吴亮在哪儿睡觉,丰年就在哪儿睡觉。吴亮是最易动感情的人,到时一激动,他还会开车送你们来呢。"

王顺板着脸对丰年说:"你怎么抱吴亮吻吴亮缠着他,我都能睁一只眼闭一只眼,但就是不能吴亮睡哪儿,你也睡哪儿,万一跟他跑了怎么办。"

丰年说:"吴亮就好这一'口',必要时,这觉还是要睡。"

荆棘花对王顺说:"你也不用担心,我有办法"。

一天,丰年打电话给吴亮,说自己还有两个漂亮的妹妹想做连锁销售,在新世纪1040房间等他,想了解行业。吴亮听说有人要做,还是漂亮的妹妹,也就高兴应约来了。

吴亮推开房间门，丰年猛扑上去，一把抱住吴亮。

吴亮在昏暗的橘黄色灯光下，看见丰年披着秀丽的长发，只穿着内衣，脸色红润，一身馨香。

吴亮全身血液顿时翻腾起来，顺势也紧紧地搂着丰年，压到床上，自己也顺势脱了衣服。正在这时，门外响起敲门声。丰年迅速翻身下床打开房门，又躺到床上，捂着脸哭起来，说是吴亮强行的。

门外王顺和荆棘花一拥而入，王顺拿起手机咔嚓咔嚓拍着吴亮的裸照，荆棘花拿起手机作势要报警。丰年从床上爬起来，抢下手机说："姑姑不能报警，如果报了警，事情一公开，我就没脸做人了。"

吴亮更不希望报警，这要给老婆阿芳知道了，自己就别想活了，忙哀求说："你们有什么要求，就提吧。"

王顺说："我们要求并不高，只要你同意把连锁销售的那个行业规定改一改，让我这个伤残人也能参加连锁销售，今天的事就此了结，否则，我们就把这照片交到公安局。"

吴亮在此情况下，不得不点头同意。王顺还拿出早已写好的协议，让吴亮签字。这时，荆棘花才把抱在手上的吴亮的衣服甩给吴亮。丰年看事情已办妥，也翻身下床穿衣服。

第二天，吴亮开着奥迪，将丰年他们送到兴义，让马各给他们办理了加入连锁销售的手续。

荆棘花的其他侄儿侄女都也纷纷要求加入连锁销售。顿时，荆棘花的伞下活跃起来。

吴亮升为高级业务员出局后，用贷款买了辆奥迪到处兜风，招摇撞市，引来了不少麻烦。

阿安在兴义是大经理，为了发展，每个月都回来邀约。阿安每次回来，都叫上七大姑八大姨十几个人到熙缘大酒店，摆上一桌。叫来吴亮和他们见面，并介绍自己的成功经验。

这十几个人，在酒桌上都说这是个好行业，都愿意跟阿安到兴义。酒足饭饱后，一个个溜之大吉。

最后，阿安要吴亮去买单。

吴亮一看账单一千二百五十元，但想到自己已经是高级业务员了，身价不菲，总有些应酬，也只好签上字。

熙缘大酒店也知道吴亮在兴义做连锁销售，发了大财。只要他带人来吃饭，不需付现金，只要在账单上划个"吴亮"的名字就行。

阿安说为了发展，要吴亮"借"两万五千块，作为周转资金。

吴亮"借"了钱，刚刚送走阿安回兴义，却又回来个阿兵。

阿兵也是大经理，他对吴亮说："自己的小姨子，还有小姨子的小表妹都想去兴义做连锁销售。我想在熙缘大酒店摆一桌，请你给她们介绍介绍。"

这一次，阿兵的小姨子带来了八个男女朋友，那个小表妹带来了七个男女朋友，一餐喝了十瓶白酒，抽了一条香烟。同样，吃饭前个个都愿意做连锁销售，酒足饭饱之后，一个个都溜之大吉。

阿兵拉着吴亮到柜台，一看账单两千五百块。

老板娘说："吴大领导是我酒店的老客户，抹掉了五百块零头。"吴亮感激不尽，提起笔在账单上签上自己的名字。

阿兵在家住了几天后，要回兴义，也说现在手头有点困难，要吴亮"借"几万，吴亮只好也"借"了两万五千块。

阿兵的小姨子想坐飞机，就带上她的小表妹跟姐夫一道去了兴义。她们玩了马岭河大峡谷、万峰林和万峰湖。回来时，路过黄果树瀑布，还玩了一天。

两个人作为考察连锁销售的身份去的，一切交通费用八千块钱，都是吴亮掏的腰包。

阿兵前脚回兴义，张晟后脚又回来邀约。

这一次，张晟首先到县屠宰场转了一圈，还有部分老同事听说他在兴义将要发大财了,纷纷围上来要求张晟请客。张晟也不推辞。这正是行业需要表现的时候,欣然答应了他们。

张晟邀约了二十多个老朋友和新朋友,在熙缘大酒店摆了两大桌,又一个电话把吴亮请来捧场,说他们都想做连锁销售,要看看这个行业里的大人物。

吴亮应邀而来,张晟带头站起来鼓掌,其他人也都站起来鼓掌,热烈欢迎吴高级业务员的到来。

吴亮在热烈的掌声中,介绍了自己成功的经验,还展示了连锁销售的美好前景。

在座的听了,个个热情高涨,举杯一饮而尽,个个都决定做连锁销售。酒足饭饱之后,个个都溜之大吉。

大经理在家邀约吃饭,都由高级业务员买单。张晟拿着账单,让吴亮签字。吴亮用醉眼扫一下数字是三千五,提起笔有点颤抖,但还是签了自己的名字。

吴亮的酒还未醒过来,又拿了两万五千块给张晟回了兴义。

洛梅回来了。吴亮既高兴,又有点担忧。高兴的是又能见到洛梅了,担忧的是她这次要的数字不知有多大。

洛梅首先回到服装厂,那些老姐妹和新姐妹们都围上来说:"听说你傍上吴高级业务员这个大款了,在兴义发了,要请客。"

洛梅说:"这是当然的,现在我们就去熙缘大酒店"。洛梅领着二十五个姐妹,摆了三桌。然后掏出手机说:"喂,吴大高级业务员,我是你的洛梅呀。好想你啊! 我在熙缘大酒店等你。"

吴亮一接到洛梅的电话,开着奥迪就来了。一走进酒店,洛梅的姐妹们纷纷迎上前,要和吴亮拥抱,想沾沾财气。

洛梅拦住她们说:"拥抱可不行,鼓鼓掌就行呐。"说完就拉着吴亮坐在自己身边,请服务员上菜。谁知女性不喝酒便罢,一喝最少也是四两半斤。这三桌人都纷纷举杯敬吴亮酒,还有人起哄要洛梅和吴亮喝交杯酒。

洛梅也不掩饰,说:"大庭广众之下,怎么喝酒都行。"举起酒杯就和身边的吴亮交起杯来。

吴亮也激情高涨,在一阵阵掌声中和洛梅连交了三大杯。吴亮就像一只小公鸡,被这些"黄鼠狼"揉捏得骨头都软了,更不知什么东南西北。

洛梅说:"我们这些姐妹,为你升为高级业务员而高兴,大家都喝的认不得自己老公,又不会抽烟散酒气,我看啊,该给看每人发一盒酸奶解酒。"

吴亮坐不住了,左手臂紧紧地挽住洛梅的脖子,不让自己躺下去,说话的舌头也伸不直了,听洛梅说要给每人一盒牛奶解酒,把自己的嘴贴着洛梅耳边说:"你……你……做主,买……买……"

洛梅一个电话打到超市,一会儿超市用车送来二十七盒酸奶。洛梅的二十五个姐妹每人拎一盒,洛梅一人拎两盒,说陪吴亮喝三杯交杯酒,就应当多拎一盒。这些女人个个喝得脸若大红花,唧唧呱呱、歪歪倒倒地走了。

老板娘看着她们离开酒店,也不问谁买单。她知道,每顿饭局,只要吴亮在,账单一定是他买。

吴亮趴在桌上,半睁着醉眼,看她们都拎着一大盒酸奶离开,傻了。原以为洛梅说的是一小盒酸奶。

老板娘拿着账单和计算器,来到吴亮面前一笔一笔算给他听:"十八瓶酒,一千八百块,二十七盒酸奶,一千三百五十块,饭菜每桌一千,三桌三千。你是我的老顾客,收你二千五百块。共计五千六百五十块,请你在账单上签个字。"

吴亮硬撑开醉眼,笔在手中抖起来。老板娘见此情景,用自己的手用力按住吴亮的手,才歪歪扭扭写上名字。

洛梅的那些新老姐妹们,一个也没去做连锁销售,她一人要回兴义了。走之前,洛梅在熙缘大酒店的一个包厢里约见吴亮。吴亮一进包厢,洛梅一把抱住吴亮,在他的脸上狂吻起来,然后娇滴滴地说:"亲,我一分钱没有了,卫生纸都买不起了,更谈不上发展了,你······"

　　吴亮知道这是要钱,随手拿了两万五千块。洛梅说:"我现在身体可差了,都是陪你陪的,你该给我营养费。"吴亮只好又给了两万五千块。

　　这下洛梅高兴得搂着吴亮又给了个"最亲"的吻。

　　吴亮最后算算账,奥迪保不住了。

第二十七章

通天抵保通天利

忽然风卷梦落空

　　　　　　吴道名字是他一个会命理学的二叔起的，字面上看好像他人生没有道，实际的意思是口顶天上有通天之道，就像《水浒》里的军师吴用的名字，从字面看是个没用的人，但吴用这个人满腹经纶，文韬武略，足智多谋，常以诸葛亮自比，道号"加亮先生"，人称"智多星"。在财主家任门馆教授，生得眉清目秀，面白须长，善使两条铜链，与晁盖自幼结交，还与晁盖等人智取了大名府梁中书给蔡京献寿的十万贯生辰纲，为避免官府追缉而上梁山，是山寨掌管机密的军师。

　　吴道的二叔为他起这个名字，目的就是希望他将来像吴用一样有用，能"满腹经纶，文韬武略，足智多谋"。

　　吴道成人后，决心要像吴用一样一展才华，他想，现在的社会是经济社会，人们都想着挣钱，买房买车，讨个漂亮老婆养儿育女，闲时还能勾搭勾搭小三，比当时的吴用要快活的多，风流的多。

　　该干什么呢？吴道想，当公务员捞钱，机会没有了，因为自己初中没上完就辍学了；想当一个建筑商或者包工头，但图纸看不懂。帮人拎泥桶有辱"吴道"这个大名。

　　吴道不能"无道"。他正处在选择什么样的创业道路的困境时，忽然看到报纸头条刊登了"私企老板跑路"的报道。

　　报道称：金融机构新增贷款同比少增925.2亿元，中小企业的贷款需求首当其冲受到影响。银行对企业贷款利率普遍上浮了20%至30%，高的甚至达到60%。一些在银行难以贷到款的中小企业，特别是微小企业，不得不转而求助民间借贷。报道又称，中小企业融资难，民间借贷风生水起。

吴道虽然文化水平有限，但他脑子活络，看到这里，想到这些中小企业家面临资金链断裂，转向民间借贷的这场风暴必然要卷到我们这里。于是，他第一个在县城挂牌成立了"通天担保公司"。

吴道承诺："凡是借款给我公司的，月息六分，本金随时要随时还。"

首先，他自己家的亲戚集资了两千五百万，马上返还半年利息三百六十万。他前妻娘家的亲戚听说后，有这样的好事，把钱借给他又放心，利息又是银行的好几倍，坐在家里发财，纷纷从银行把钱取出来交给吴道的担保公司。这一下又集资了两千五百万。

吴道的二叔是单位退休的领导，他的单位已退休的老干部也有点积蓄，嫌放在银行利息太低，都看在他二叔这个老领导的面子上，把养老钱送到"通天担保公司。"

吴道公司账户上一下又增加了五千万，这下"通天担保公司"的账户上总共有了一个亿的资金。各个中小企业，听说吴道的担保公司有上亿资金，纷纷来借贷。吴道对外放贷月息是一角，年利率是百分之一百八十。

县招商引资的皮革有限公司董事长郁南，在银行无法融到资，迫不得已在吴道担保公司借贷了两千五百万，月利息二百五十万。

董事长郁南在吴道担保公司借贷，虽然解了燃眉之急，但它的高利率加大了皮革生产成本。

郁南算一算，像他这样的中小企业毛利润不会超过百分之十，一般在百分之三到百分之五左右，如果在短期内不能还款，这个高利贷就把自己推入深潭，逼上绝路。

果不出所料，民间担保公司的借贷利率持续高涨，当年的五月份综合年利率达百分之二十五，接近基准利率的四倍。

对郁南这样的中小企业来说，利率净支出大幅增加，其中小型企业利息净支出已"吞掉"其利润的二分之一。

民间担保公司的借贷利率持续高涨，对于民间担保公司来说，也潜伏着巨大的风险,只要企业一个环节出了问题,所有借出的资金就无法追回。

吴道的前妻在皮革公司上班,她把孩子送给吴道照顾几天,说郁南董事长组织公司的所有职工到三亚旅游。两百名职工,个个都感谢董事长的慷慨。

吴道的前妻和职工们玩了一趟高高兴兴回来,又休息了一天后,个个都按时上班。一进公司大门都惊呆了,所有设备不见了,整个房子空空如也。吴道的前妻是班长,大家都围上来问她。

她说:"在没有去三亚之前,我有几天都没有看到董事长郁南来公司例行检查工作了,部门经理到董事长办公室汇报工作,也找不到人。听说前几天,会计将本月财务报表送到董事长办公桌前,董事长一看,一屁股瘫坐在老板椅上,脸色煞白。然后我就接到通知,公司的全体职工去三亚旅游,一切费用由公司承担。"

正在这时,邮递员送来了当天的城市早报,头版头条醒目地刊登着——皮革有限公司董事长郁南因欠款逃跑。该篇报导在最后总结了郁南董事长"跑路"的原因都是高利贷造成的。在场的所有职工都指责起吴道的前妻来。有的说,就是你家吴道开担保公司,放高利贷把公司拖垮了;有的说,人家担保公司,月息最高五分至六分,你家吴道的担保公司,月息是一角;有的说,吴道、吴道真是没有人道。

这时,有人提议,老板"跑路"了,我们的饭碗没地方盛饭了。今天,就请吴道的前妻领我们到"通天担保公司"找吴道,我们两百来个饭碗,就在他公司盛饭。

吴道的前妻说:"我和吴道离婚啦,没关系啦。"

没关系?说不定是你们玩的"金蝉脱壳"计,把高额回报存在你和儿子的账户上。

吴道也看到了当天城市晚报,报道中称"在'通天担保公司'借了近三千万的高利贷是董事长郁南'跑路'的原因。"

吴道一想，老板郁南借贷近三千万，只拿回利息二百五十万，还欠近两千多万。他又打电话给其他几位借贷企业的老板，都打不通。

　　吴道骑着电瓶车到各个企业一问，惊呆了，这些老板都失踪了。近一个亿的资金还在他们手上，吴道顿时晕倒在那里。电瓶车无法骑了，保安只好用绳子把他捆在自己的身上，用电瓶车送回家。

　　谁知，还没到担保公司门口，就看见黑压压一片，有许多人在嚷着要吴道还钱。原来这些放钱在吴道担保公司的亲戚和客户也看到了晚报的报导，不约而同地聚集在这里。

　　吴道这时清醒过来，要保安赶快停车下来，自己开着电瓶车失踪了。

　　吴道这时有公司不能去，有家不能回，他跑到赤金998宾馆暂时避一下。因为这些企业老板们想找吴道借贷，都请他到赤金的998宾馆吃饭。赤金和吴道都是本地人，很快熟悉起来。

　　赤金了解了吴道躲避的原因后，说："你有这么多资金放出去，不能回笼，日子在家也不能过了。吴亮在兴义做连锁销售，不到两年时间就能挣几百万，你不如到他那里去做连锁销售，先挣个几百万。回家再把这些企业老板的固定资产（如厂房、办公楼等）拍卖，偿还你的这些亲戚和那些老干部的钱，有望能平掉这些借贷。"

　　实际上，赤金已在做连锁销售了，这次吴道来他的宾馆遇到他，是赤金正在做宾馆过户手续。

　　吴道想想，也只有这个法子了，去兴义找吴亮，碰碰运气。吴亮和自己说不定还是本家，到时还能得到他的帮助。

　　吴道有个新女友在帮人做家教，每月也有几千块收入。他俩本来计划在年底买套商品房，再买辆车，准备结婚。吴道的这些计划全被这些小企业家的老板们"跑路"跑掉了。

　　吴道的女友想想，自己已经是吴道的人了。既然他遇到了困难，不能离开他，只有帮他共渡难关。怎么渡法？还得一道去兴义做连锁销售，两人都做成功了，就能挣回七八百万，难关也就过来了。然后回家做点实实在在的事情挣钱，结婚过日子，不求大富大贵，只要有个小康的日子就行了。

所以，两人牵手来到兴义找到"本家"吴亮。

第二十八章
阳光工程非阳光
一幕揭开是分明

2011年8月，中央电视台某栏目的记者，对来宾的连锁销售进行了长达三个月的暗访，以《阳光下的非法传销》为题，播出独家调查。

调查发现来宾政府门前、公安局旁公开宣传连锁销售，称什么这个行业比三峡工程还要大，是我们中国第一大工程。只需要一到两年，投入3800元就可分到380万，投入69800元就可分到1040万元。还说连锁销售是国家从国外引进的一种新型业态，也叫资本运作、连锁经营、连锁销售、阳光工程，实际都是非法传销。

记者来到位于来宾繁华中心区的公园，这里是传销人员交流经验的聚集地。每天这里都人头攒动，路边都在卖关于资本运作的书籍和光盘，里面有如何做好行业销售的技巧，有对国家政策的断章取义，有虚假的权威媒体的报道，有伪造的中央部委文件，涉及的概念有支持北部湾开发、应对金融危机、搭建新的融资平台、投身资本运作成为中国的巴菲特、必将崛起的中国资本市场、如何正确对待宏观调控、国务院关于进一步促进广西经济社会发展若干意见等等。当这些概念放在一起的时候，确实有些真假莫辨。

公园里还有一座烈士纪念碑，其中四个人物雕像的不同动作也被传销者赋予了特殊的解释——就是"政府对于资本运作是侧面扶持，正面压缩，低调宣传，暗箱操作"。

一位传销参与者这样解释道：你看这个纪念碑，这个雕像用手侧面扶着那个纪念碑，就代表侧面扶持的含义。正面压缩，就是那个拿着枪的人，不让你发展得太快。底下那个年轻的受伤的伤员，手那么矮举着，代表低调宣传。后面的母亲扶着伤员,就是暗箱操作。

来宾的传销者说,政府的这个旗杆,外边是没有线的,这就说明我们的行业是暗箱操作,暗藏玄机。

他们说中央空调也是有意义的。这里有个大中央空调,这就说明我们这个行业,中央在这儿。宏观调控听说过吗? 一般的空调是放在楼顶上或是挂在墙上,这儿是放在侧面,就代表从侧面去宏观调控这个行业。而且那边有五根管子,那个管子上有三个阀门。这就是五级三进制。实际上一个阀门就管用了,它却弄了三个。

传销者还说,这儿有一座假山,那儿有一座假山。这是政府大门,两座假山说明什么? 公园里才有假山,在市政府你见过假山吗? 从外面看就是谎言,假山里面就是玩的东西。进来以后,你就全明白怎么回事了,不进来,永远是谎言。

不仅如此,市政府前被修剪过的树木也被传销者赋予了含义,也是暗指资本运作的五级三进制;而市政府前的水池则寓意这个行业清澈见底,不怕你看,就怕你不看。

来宾市政府前、公安局旁边都可以公开地宣传连锁销售,它的合法性似乎就显得毋庸置疑了。除了记者暗访的滨莱,其实在西部的一些其他地区,都有这样公开、半公开地宣传。

在很多"资本运作"书里,都会有这样的表格,上面清晰地列明了从初级到最高级,各个级别的收入,在这张表里,即使是只投入3800元,一步一步发展下线,仍然分别可以得到1900元、26万元、41万元、52万元、62万元和192万元,最终总共能够得到373万元。当记者拿着这个算法咨询专家时,专家指出,这个算式表,也是他们骗人的一步。

有关专家说:"当你一旦进入演算,想证实这个演算是对的还是错的时候,实际上你有一部分已经被他蒙骗了。他的这个算法肯定是对的,我只要发展了一个下线,从3800元里你就可以提成,再发展一层又可以提成。

实际上，假设每一个人发展两个人，发展到第3层的话，就是8个人，当8再以次方的倍数翻倍，就是64了，这个翻番的速度是非常快的。实际上这个梦是建立在这个发展下线的宝塔不断延续、不断构建上的，但客观的现实是残酷的。这个宝塔只赚到了前两个层次的时候，它没办法延续，所以宝塔啪嗒倒掉，赚到钱的人只有宝塔尖那为数不多的三五个人。"

曾经被骗去做过传销，现在专门从事反传销的人士也给记者算了一笔账。如果按照他一变三、三变九、九变二十七这么倍增下去，我们不用说得太远，到了第二十代的时候已经达到十一亿六千多万人，如果把第一代到第二十代的总人数加起来，就达到十七亿多人，就是把全中国人拉进来都不够了，所以这个倍增理论只是玩了一个数字游戏。

来宾市领导针对本市的传销发表电视讲话，表示打击不力，并召开了新闻发布会，立即部署警力重拳打击传销，还采取了专项整治与常态打击相结合的工作方式，保持对非法传销活动高压态势。

连锁销售被定义为传销后，兴义政府也坐不住了，立即召开会议，部署打击传销。兴义的电视台滚动播放中央电视台《阳光下的非法传销》节目。所有公共场所，如超市、车站、广场等悬挂横幅，张贴告示打击传销。

公安部门也深入到各个社区，利用各种方式打击传销。

荆棘花、张晟等人怕在兴义被警察抓住，都偷偷地回来了。

空手不让月照人
伸手欣捞水中月
第二十九章

　　樊昌听到中央电视新闻报道连锁销售就是传销后，吓得一身汗，当天晚上就溜到兴义火车站，乘了三天三夜火车回到自己的城里，但他没回家。

　　他想，勤勤恳恳干了大半辈子"革命事业"，今天一不留神干了犯法的事，经济损失没办法向家里人交代，还要面临党纪和国法的处理，曾经也有面子的这张脸往哪儿搁。越想越生气，就来找荆棘花，问这是谁的错？

　　荆棘花回到家，在丈夫刘宝面前装着若无其事，还说买车的希望很快就要实现了。

　　刘宝心里想，这个女人太好强，到这个时候还死要面子。自己早就看到中央新闻，知道连锁销售就是传销。他在老婆面前故意装不知道，更不能说出来伤了她，否则自己的日子也不好过。

　　如果说了，荆棘花会说，那你当时为什么不拦住我；拦不住，为什么不抱住我；抱不住，为什么不以死来威胁我。那一切责任将会全推到刘宝的头上，刘宝还是多一事不如少一事。

　　荆棘花想这是谁的错？如果当时到吴亮家，第一次拒绝了，第二次再拒绝了，第三次不答应来人接，也不会出现今天这个难堪局面，也不会在经济上受到损失，也不会在丈夫面前丢了面子。这个错是吴亮的。

　　张晟回到家，屠宰场的人都来找他，有的责怪起来，什么是连锁销售什么是传销你都分不清，让我们上了当，经济又受到损失；有的埋怨道，现在屠宰场已经把我们当猪毛"刮了"，传销做不下去，还在逮人。有的问这是谁的错？

　　张晟说："这当然是吴亮的错，如果他不开着奔驰来到屠宰场，如果他不

把那个风韵卓越的洛梅带到屠宰场；如果那个洛梅不向我眉来眼去，我也不会带你们到兴义的。"他们都恨起吴亮来。

洛梅从兴义回来后，也不回家去看看生病的丈夫。她直接来到吴亮家，吃住就在吴亮家了，阿芳赶也赶不走，说什么生是吴亮的人，死是吴亮的鬼。阿芳说："你的意思是想把我赶走？"

洛梅说："要赶我走也容易，但要答应我一个要求。"

阿芳问："什么要求？"

洛梅说："连锁销售不给做了，我没赚到380万，你要给我经济补偿。"

吴亮说："你做连锁销售，现在说是传销，都是我拿钱给你申购的。你上次回来，我又给你……"吴亮说到这里突然停住，因为上次洛梅回兴义时，洛梅向吴亮要了两万五，老婆阿芳还不知道。

阿芳想让洛梅不再纠缠，息事宁人，早点离开自己的家，就说："那借给你申购的36800元，就算对你的经济补偿，你应该满足了，赶快离开吧。"

洛梅说："那不行，行业不给做了，给我申购的钱算是你们自己的。"然后又悄悄地对吴亮说："上次你给的那些，是你对我身体的补偿。"

吴亮说："你是我的表嫂，不要做得太过分。"

洛梅说："如果我俩不是老表关系，我也不会信你的话。你说做连锁销售能赚380万，今天你一分钱也不能少我的。"

吴亮和阿芳急了，同时问："你到底想怎样？"

洛梅说："我们是老表，也不想怎样，也不能怎样。你'骗'我做这个行业两年了，我想只要你补偿两年的误工费。在服装厂每月是五千。晚上，我还能到小旅社打点零工，收入也不错，遇上高兴的还会丢个几百块，我也不能那么细算了。每晚一百是板上钉钉，就按一月两千五算，把五天尾子抹掉吧。"

阿芳一惊，这个女人是六亲不认了，说："那你就算算，我能不能'补偿'得起？"

洛梅从手提鳄鱼皮包里拿出小账本，说："两年时间，我每月五千乘以二十四个月是十二万；我晚上在小旅社打"零工"，每月二千五乘以二十四个月是六万，合计你们应'补偿'我十八万。这是宽打宽算，还不是满打满算。因为我们是老表，没办法，只好让一让。"

阿芳说："你只认钱，什么亲戚老表都不要了。当时我们也念你丈夫有病，怪可怜的，没有让你出资做'连锁销售'，想帮你走出困境。你竟然如……""歹毒"两字，阿芳没有说出口。

吴亮说："我哪有这么多钱'补偿'你？奥迪车已卖了，钱被熙缘大酒店结走了一半。"

洛梅说："剩下的一半'补偿'我就行了。"

阿芳说："还按揭了，要想'补偿'，等我们死了。"

洛梅一听这话来气了，这说明他们是一分钱也不愿意"补偿"了。她在沙发上站起来，往后一倒，轰隆一声，在地板上打起滚来，又哭又叫。一会儿，她披头散发趴在地板上不动了。

吴亮和阿芳吓得不轻，打电话把洛梅送到县医院。

洛梅的丈夫赶来说："县医院的医疗技术和医疗条件都不够，赶紧送到市医院。"阿芳说："先送县医院，看有多大问题。"

县医生说："通过CT看没有大碍。"

洛梅丈夫坚持要送洛梅去市医院，怕有后遗症。

吴亮请了救护车，一路拉着警笛来到市里。在市里医院又重新做了CT，洛梅的丈夫还不放心，坚持还要做磁共振。

医生也说，CT已经看得很清楚了。洛梅的丈夫说："今天非做不可，不是你家的人，你不心疼，以后她上了年纪了，生病了，你管她吗？"医生没有办法只好做了。

磁共振的材料一出来，医生看都没看，塞到洛梅丈夫手里，走了。

检查到最后，医生说："可能是病人心里有什么要求吧，回家劝导劝导就行了。"

洛梅丈夫不同意回家,要求住院。

医生没办法,不好强行拒绝,怕惹出什么医患纠纷。医院病床本来就紧张,要想得到一个空床位,得等上一段时间。

洛梅的丈夫看看所有的病房,确实没有空床位。看看走廊也没有能摆下一张床的空间。只有男女公共洗手池边还有点空间,他捡几张广告纸铺在地板砖上,让洛梅躺在那里,接着对吴亮:"赶紧去买被子,如果冻着了,那就你养着。"

洛梅在医院的洗手间里住了一个多月,住院费已达五位数了,他们夫妻俩的误工费还没算。

阿芳这下傻了,吴亮也呆了。夫妻俩合计后,只好又来到医院,再与洛梅商量,十八万"补偿费"答应给一半,另一半让山枫"补偿"给她。

洛梅听到这话,一下在洗手间里站起来,说:"山枫不给'补偿'怎么办?"

吴亮说:"山枫如果不给,你就不能用对付我的办法来对付他?他就怕闹,一闹,背后再想攻击他的人就更有攻击他的理由了,他的脸面在全县就丢尽了,还有他的饭碗就要丢了。为了息事宁人,他不但会'补偿',你再加一倍,他都不敢龇牙。"

洛梅怕吴亮有诈,问道:"你什么时候把补偿款给我?最好马上给,否则我不走。"

吴亮向洛梅要了账号,到银行转账去了,阿芳在医院给洛梅办出院手续。谁知阿芳付住院费还差五千,她赶紧打电话给吴亮,转账时少转五千,把现金拿来付给医院。

洛梅问:"差的钱怎么办?"

阿芳说:"回家给。"

洛梅说:"那不行,你必须写个欠条,一到家就给,迟一天,你要付百分之十的利息,也就是五百一天。"

阿芳也没有正眼看她,洛梅认为这是故意不睬她,又要倒地打滚,被她的丈夫一把抱住。

吴亮回来了,看到这情景,只好找来笔,在处方单子的背面写上欠条,揣到洛梅的怀里。

洛梅这才走出医院大门,对吴亮撂出一句话:"山枫不'补偿',回头我还是找老表你,少一分,我要拔你一颗牙。"最后洛梅还向吴亮要了回家的车费。

洛梅回到家,找山枫"补偿",开始采用了"文明"手段。她拎了礼物,还以老表的身份,去找吴亮的父亲。因为吴亮的父亲和山枫是邻居,互相也比较信得过,让他出面调停答应"补偿"。

吴亮父亲听了事情的来由后,认为"补偿"的理由不充分。

他说:"你洛梅不是山枫叫去做'连锁销售'的,而且你们中间又隔了好'几代'。你能要山枫'补偿',那你就能向山枫的上面要'补偿',上面的上面要'补偿'。这样要下去,你洛梅就要成世界首富了。"

洛梅高兴起来,认为吴亮的父亲说得对,找了山枫后,再往上面找,一直找下去,都给了"补偿",我真的成了富婆,到那时再买一套房子和张晟住。转念一想,吴亮只指认了山枫的住处,山枫的上面的上面的住处不知道,问吴亮也不知道。不管怎样,先把山枫的'补偿'要到手。

洛梅见吴亮的父亲不愿做这个中间人出面调停,她就到山枫的单位直接要"补偿"。她先是堵大门,不让山枫进单位。周围人都为山枫抱不平,洛梅看情形只好转身进门,来到山枫的办公室,一屁股坐到山枫的办公桌上,不让山枫办公。单位领导打110,警察带着手铐来了。

孙警官问洛梅:"为什么在这里瞎闹?"

洛梅想想说:"山枫骗了我。"

孙警官说:"既然山枫骗了你,是骗了你的身子,还是骗了你的口袋?"

洛梅低头站着，又是摆头又是摇屁股。

孙警官见洛梅不说话，就说："山枫真的骗了你，人也好，口袋也好，都要受到法律制裁。但你今天拿不出证据，那就是扰乱了公共秩序，跟我到派出所走一趟吧。"

丰年和丈夫王顺在兴义被警察赶回来了，她找荆棘花说："姨啊，这个连锁销售原来就是传销，你以前也不知道？现在到处都在打击，我的损失怎么办？"

荆棘花说："这事你又不能怪我，当时吴亮看你丈夫王顺是个动过手术的人，不让你们参与，你到宾馆脱光衣服引诱他，拍照抓了他的把柄，他才迫不得已让你们进入传销的。"

王顺说："姨，我们今天来不是找你麻烦，是让你想想办法，怎样帮我们把这个申购的钱要回来。"

荆棘花思忖了半天，忽然一拍桌子，"哈哈"大笑起来，把丰年和王顺搞得莫名其妙。

荆棘花兴奋地说："我把你们带到吴亮家里，丰年你一进门就抱着吴亮哭，王顺你就用双手捂着做过手术的刀疤处，弯着腰装着很痛苦的样子，我来说话。"

荆棘花打着算盘，我帮他们要到了申购钱，我申购的钱就有希望了。

自从"8·11"打击传销后，吴亮在家一天都没有安静过，刚刚放下樊昌的电话，张晟又打来电话，放下张晟的电话，刘水又打来电话，无非都是谈损失的事。

吴亮刚转身放下刘水的电话，荆棘花带着丰年夫妇上门来了。他们一进门，丰年抱着吴亮一边哭一边说："我们的救命的钱全被你'骗'去了，这日子没办法过下去了，你的家就是我们的家了。"鼻涕就在吴亮的西服上擦，泪水湿透了吴亮的衣领。

王顺双手捂着刀疤处，睡在吴亮家的沙发上，哼声不止。

荆棘花说:"吴亮,你们这些做传销的,一点人性都不讲,王顺已经是一身刀疤,仅有一点后续治疗的钱,还被你骗去了。"

吴亮想,这号人见有利的事,什么手段都能使得出来,一旦风险来了,就都推给别人。其实吴亮也料到,丰年和王顺早就有计划,参加传销获利了,笑着揣进口袋;失利了,王顺拿着身上的"刀疤"博取同情,逼吴亮偿还损失。这个获利自己得、损失别人担的"生意"怎么不能做?

吴亮想到这里,问荆棘花:"你们想怎么样?"

荆棘花说:"这个事不是明摆着嘛,他们损失了多少钱,你'赔偿'他们多少钱。不然在你家里腾出一个房间给他们夫妻俩住下,王顺刀疤复发,你拿钱给他看就行了。在你家里生活要求不高,你们吃什么,他们吃什么。"

吴亮知道,这不是想住下,是要挟。他说,"你们不能找我一个人要钱。"

荆棘花问:"那还能找谁?"

吴亮说:"我'赔偿'给你们一部分,如果想再要'赔偿'应该找上面再找上面的上面。"

丰年听了说:"姨,我们先让吴亮'赔偿'再说,要上面'赔偿',我们下一步再计划。"

樊昌找到荆棘花,听说洛梅、丰年和王顺都向吴亮要到了损失,认为这是良好的开端。他俩又找来张晟、刘水、付石商议,如何找上面,再找上面的上面赔偿他们在兴义做传销的损失。

樊昌分析说:"上面的上面的上面是阿文,这个人我们搬不动,只能敲敲山,震动震动他这只虎。如果我们敲山敲碎了石头没有砸倒他,到时你们有什么事犯在他手里,后果就严重了。"

刘水说:"樊昌说得对,我还喜欢往棋牌室跑,打麻将不过瘾,搞牌九最带劲。为这事犯在阿文手里,小日子就难过了,我们对他还是留一手。"

付石说:"上面的上面是阿俊,他住在另外一个城市,如果派人跟踪,找到他的家,我们也不敢进去。"

荆棘花问:"阿俊长着老虎牙,吃人?"

付石解释道:"你想想,他在那个城市朋友又多,只要我们一进门,他叫来一帮人,把我们一顿打,扭送公安局,说是'私闯民宅'。在市公安局,我们一个关系人都没有,那就等着拘留十五天了。"

荆棘花说:"阿俊不敢找,那就找他下面的山枫"。

樊昌分析说:"山枫虽然是个有单位的人,但他那个单位也没什么玩意。我们抄他的家是没有后顾之忧的。即使把他家的财产搬完,他也没有能力来找我们。更何况公安局里派出所里,你们还有几个关系人。"

刘水说:"吴亮是洞里的老鼠,已经在我们这些猫的爪子下,想怎么吃就怎么吃。我们怎么吃山枫这只鼠,还要讨论个方案。"

樊昌说:"要想吃掉山枫这只鼠,我们的人越多越好,造大声势,让政府支持我们,让社会同情我们。"

荆棘花急忙插话说:"我家刘宝的老师章畬也是这样说的,要我们造大声势,说山枫就是骗他们的首领,罪大恶极。章畬就能找到借口,把山枫赶出诗社。"

荆棘花还说:"章畬也是诗社的,他的面子大,由他给我们造舆论,在社会上我们绝对占优势。山枫是个再大的老鼠,众口也会把他吃掉。这样诗社自然就没有他了,别的诗友想帮山枫说话也不敢了。"

樊昌疑惑地说:"会作诗的也不多,山枫能作诗,为什么章畬要把他赶出诗社?"

荆棘花说:"我听章畬说过,如果不把山枫赶出诗社,以后关于诗词这块历史,县志记载的是山枫,不会记他章畬。"

刘水说:"我们就帮章畬的忙,让他达到永载历史的愿望,同时我们也利用章畬制造对山枫的负面影响,'赔偿'我们的损失。"

付石说:"我们怎样干倒山枫,也要把方案设计好。"

樊昌说:"我看是这样的,由荆棘花负责邀约我们所有的做过传销的人,就说凡来山枫家的人都能得到赔偿。"

荆棘花说:"我负责约人外,山枫家的防盗门我也负责把它撬开。"

荆棘花还补充说:"章畬还主张我们到山枫的主管单位去闹,找他的主管领导,给山枫施加压力。章畬在他的领导面前烧几把火,把山枫赶出他的单位。到时,他会倾家荡产'赔偿'我们。"

樊昌对荆棘花说:"我们就让你带人去山枫的主管单位,因为你老公也是这个主管单位的,领导们见到本单位的家属被山枫'骗'了,会帮你严惩山枫的。"

荆棘花说:"我还有个做传销时认识的人,讲出来你们也认识,就是曹凤。她当过村干部,能说会道,由她协助我找山枫的领导,山枫的领导会扒他的皮。"

张晟说:"再把洛梅、丰年找来,你们几个女的,有人说,有人哭,有人闹,还有人睡地打滚,就更会得到领导的同情。"

樊昌、张晟、荆棘花等人商量好方案后,便开始了行动。他们以凡参加行动者都能得到'赔偿'为诱饵,电话约来了上百人。

在荆棘花、曹凤等人的带领下,他们首先来到了阿文家,一进门有的摔椅子,有的跺脚,有的把杯子在桌子上敲得铛铛响,这叫"敲山震虎"。

阿文的妻子吓得跑到熙缘大酒店定了十桌酒席,任他们吃喝,让他们酒足饭饱后,再找个中间人劝他们离开。

荆棘花等人在中间人的劝说下,也就顺阶而下,并对樊昌、张晟说:"阿文家老婆很客气,这样款待我们,我看⋯⋯"

樊昌说:"张晟,你对大家说一声,我们今天到此结束,各自回家,明天听电话通知。"

所有来酒店的人,看荆棘花、樊昌都离开饭桌,走出了酒店,有点疑惑。张晟在后面说:"大家先回家吧,阿文的事先放一放,以后再说。明天听电话还有新的行动。"

第二天,荆棘花、樊昌、张晟几人按计划,电话通知所有的人在山枫的主管单位门口集中。

由荆棘花、曹凤进办公室找到主管领导,洛梅、蓝平配合。

荆棘花走到门卫前,介绍自己是校长刘宝的老婆,还比划了刘宝的外貌,门卫回忆起是有这样一个人经常进出这里,就让她们上楼了,但把洛梅和蓝平拦在楼下,不让上,要他们出示身份证,她俩犹豫了,不敢拿。

山枫的领导听了荆棘花她们的汇报后,说:"山枫工作上的事我们负责,至于你们反映他做传销的事,你们回去向执法部门提供依据,由执法部门依照法律来惩罚他。"

荆棘花听了,认为这是"踢皮球"。曹凤听了,认为这个领导在包庇他本单位的职工。她们刚想掏出手机打电话给樊昌和张晟,要他们都来领导办公室,两个警察已经站在她们的身后。她俩一转身就被架出办公室,一直被送出门外。

荆棘花和曹凤抬头一望,好几部警车停在大楼前,警察已封住大楼的各个进出口。樊昌、张晟站在远远的马路边,看到她俩被警察架出来后才迎上来。蓝平也从对面的马路边迎出来,大家又一个个集中起来,走向吴亮家。

吴亮早已知道荆棘花等人要找麻烦,到外地打工去了,阿芳送儿子上学。荆棘花撬开吴亮家的防盗门,樊昌、张晟等上百号人一起涌进来,见有水果就吃,见有香烟就抽。曹凤、蓝平等几个女人,打开冰箱拿菜烧饭。

吴亮的老婆阿芳回到家一见门被撬开,满屋是人,正准备退出来,被表嫂洛梅一把揪住。

荆棘花说:"今天到你家,'赔偿'是跑不掉的,你已'赔偿'了洛梅、丰年夫妇。洛梅在这里可以作证,你家吴亮不能'赔'一个,不'赔'一个。"

洛梅说:"荆棘花姐说得对,你'赔'了我,不能不赔他们。我已向他们求了情,说你们已'赔'了一大笔资金给了我们,现在'赔偿'资金短缺,跟不上。只要你答应以后给在你家里的这些人,每人一万五就行。"

张晟说:"我们都是做这个'行业'的,你'赔'了洛梅她们,不'赔'我们,这个道理在任何地方都讲不过去。我们也知道,你现在没有那么多资金,只要你给每个人写一张欠条。"

阿芳说:"我不会写字。"

曹凤说:"那你带我们到山枫家,让山枫帮你写。"

樊昌说:"我看是这样的,你先把我们这些人的中饭安排一下,下午带我们到山枫家,如果不去,我们就待在这里。"

阿芳说:"你们这么多人,要我怎么烧得了饭?"

荆棘花说:"我可以指点你一个法子,昨天我们这些人到阿文家,阿文的老婆非常客气,在熙缘大酒店安排了十桌。你不如也这样做。"

洛梅听了荆棘花的话后,就挽着阿芳的左胳膊,曹凤挽着阿芳的右胳膊,边劝边拽着往熙缘大酒店走,蓝平在后面推着。

他们都来到熙缘大酒店,荆棘花帮阿芳点了十桌菜。每桌三瓶酒,一个个男女喝得天旋地转,扶墙走路。

刘水说:"我们……到……到……山枫家……再……再……喝……"

荆棘花和曹凤今天被警察架了一会,很失面子,借机用酒量来挽回,也喝得披头散发,话都说不全,摸不着出酒店的门。迷迷糊糊中听刘水说,下午到山枫家还继续喝。

她抬起手指着张晟说:"你……你……刘水有本事就去,山枫家的防盗门没有我来撬,谁……谁……会撬?"

张晟看着荆棘花的手指说:"你……你……指错了,我……我……是洛……"

"梅"字还没有说出口,就趴在桌子上睡了。

樊昌虽然也喝了不少,但还清醒,他对大家说:"我看今天都喝了不少,荆棘花也喝得摸不到钥匙眼了,没有她去撬山枫家的门,我们谁也进不了山枫的家。今天我们的活动很成功,大家也高兴,才喝多的。我建议下午都回家休息。明天腊月二十六是个好日子,山枫家见,山枫家发钱,定让大家过个好年。"

第
三
十
一
章

妻
睡
他
床
哺
幼
女

还
谈
风
险
转
嫁
经

吴道的女友是在兴义怀孕的。这个孕怀得非常辛苦,由于《连锁销售二十条》规定,不允许谈恋爱,夫妻不允许住一起,受经济条件限制又不能住旅社,吴道的女友这个孕是在山拐里怀的,黑漆漆的,怀疑不是松鼠投胎,就是狐狸投胎。

吴道不敢要,到医院做流产手术,但医生说:"她不能再流产了,否则,她以后也没有生育机会了。"

吴道的女友肚子越来越大,在兴义的行业中越来越招眼。吴道正在发愁时,中央电视新闻曝光连锁销售就是传销。同时,兴义和滨莱一样,统一行动打击传销。

吴道和女友在兴义待不下去了,只好收拾行李回老家,但自己的家又不能回,借贷的知道了又怎么办?他把女友先安排在娘家住下,然后自己租个便宜的小偏房长期住着。

荆棘花在电话中叫他先来阿文家集中,然后再到吴亮家,重点是山枫家,不惜采取任何手段追回做传销的损失,如果不参与,就是如数追回损失也不会给你。

阿文家吴道没有赶上,因为照顾女友离不开。到吴亮家,女友挺着大肚子也要来,认为这样能博得更多人的同情。当他俩来到吴亮家时,荆棘花已带领所有人到熙缘大酒店去了。

吴道想,女友行动不便,也不去熙缘大酒店了,干脆把吴亮家的门撬开,就在吴亮家住下,这里的条件还比较好,三室两厅两卫的房子,女友就在这里生产坐月子。

吴道又撬开吴亮和阿芳的卧室，把女友抱到床上躺下，又把吴亮儿子吃的苹果香蕉拿来给女友当点心。

　　吴道赶往熙缘大酒店插在赤金的身旁坐下，服务员又添上酒具。张晟说他来迟了，要罚他三杯，赤金赶忙拿来空杯，连斟三杯。由于债务的压力，吴道长期处于精神紧张状态，好长时间没有喝酒了。今天他开怀畅饮起来，一杯三两，罚了三杯，十个人一桌，一圈刚陪完，杯子一放，人也放倒在地上了。

　　吴亮这天偷偷回家取身份证，顺便取几件换洗衣服。他一上楼，来到自家门前，看见门虚掩着。他以为阿芳在家，就轻轻推门进来，看见床上躺着个人，以为是老婆阿芳，冷不丁掀开被子，趴上就吻。

　　吴道的女友，睡得迷迷糊糊，认为是吴道，闭着眼也配合狂吻起来。一会儿，吴道的女友只是喊肚子受不了。吴亮吻的正在兴头上，哪里能听见女人的喊声。被压在吴亮身下的女人，肚子痛的一口咬住吴亮的下嘴唇，痛得吴亮"哎呀"一声，抬头一看，不是阿芳，但这个女人比阿芳年轻漂亮。再仔细一看是吴道的女人，只见她表现出痛苦的样子，吴亮一看她的下身有鲜红的血流出。

　　吴亮吓得不知所措，120不敢打，110也不敢打。吴道女友闭着眼痛苦地喊："吴道，快送我到医院，快、快！"正在这时，楼下的嘈杂声伴随着上楼的脚步声，很快到了门口。

　　只听赤金说："吴道老弟，你今天喝得太猛了，醉成这样，挺着大肚子的弟媳谁来照顾？"

　　吴亮听到这里，吓得跑出门，如果下楼，肯定要和他们迎面相撞。如果被他们撞见，吴道肯定要告吴亮的强奸罪，造成女友流产，这座房子赔她都不够，因为吴道德女人不能生育了。另外，在社会上还造成恶劣影响，什么畜生都不如，强奸本家的弟媳。这一辈子，吴亮只有夹着尾巴做人了。想到这里，吴亮的冷汗湿透了衣服，掉头跑上楼顶，等待时机溜下楼，逃之夭夭。

吴道被赤金架着进了门,吴道虽然醉了,但心里还算明白。一进门感觉不对,卧室里有微弱的女人的呼救声。他推开赤金,踉踉跄跄扑到卧室,睁开醉眼一看,不好!女友躺在地上,脸色苍白,痛苦不堪。一看身下有血,他忙把赤金叫过来,说:"你弟媳的肚子出问题了,赶快叫救护车。"

吴道又说:"你陪她到医院,登记时就说你是她的男友。我不能出面,一出面,那些债主知道了,生下的孩子就会被他们抢走卖了抵债。"

吴道请赤金把女友送到医院,他自己在吴亮家床上睡着醒酒。

赤金以男友的身份,把吴道的女友送到医院,经过医生努力抢救,逐渐恢复正常。

第二天,荆棘花打来电话,要吴道去山枫家集中,并在电话中一再强调,要吴道不要失去这一次夺回损失的机会。

吴道又打电话给赤金,问道:"我女友昨晚情况怎样?"

赤金说:"没事了,正在生产呢。"正在这时,一声婴儿啼哭从产房传出来,这是吴道女友顺利产下个女婴。

吴道在电话中听赤金恭喜他添了个千金。

吴道对赤金说:"小女孩起名叫吴冰冰,出生证上就填这个名字。"

吴道接到荆棘花电话不久,赤金在医院也接到荆棘花的电话,听说到山枫家就能得到"赔偿",他丢了一百块钱给医院的一个保洁员,请她照顾一下吴道的女友,也向山枫家走去。

吴道在山枫家门口见到赤金,惊讶地问:"我女友哪个在照顾?"

赤金说:"你放心,我已安排妥当。"说完,两人同时跨入山枫那扇被撬开的门。

三天后,公安调动警察,到山枫家进行了清场,所有人都因私闯民宅、扰乱社会公共秩序受到了处罚。

吴道回到吴亮家后,打电话到医院,请那保洁员把她们母女送回来,就

在吴亮家坐月子。

原来,吴亮等大家都走了以后,溜下楼走了。在路上他打电话给阿芳,说家不要回了,家已被吴道和他的女友占了,他们要在这里坐月子。

一直这么有家不能回,阿芳实在受不了了,一个月后,她回到家要吴道一家三口到自己该到的地方去,让她和儿子回家。

吴道对阿芳说:"你家吴亮'骗'我们做连锁销售,谁知这是传销,害得我们经济受到重大损失。原来做担保公司,还有一笔天文数字的债务没法偿还。你说我们三人到哪儿去?"

吴道的女友抱着女儿正在喂奶,一边喂一边对阿芳说:"我们跟你家吴亮做传销,一分钱没赚到,还倒留一屁股债,是你家吴亮让我们雪上加霜。阿芳啊,我们都是做母亲的,你能忍心让这幼小生命住草棚,睡山洞吗?"

吴道接着说:"我们知道,你们也没办法赔偿损失,我们也没有提要你们赔偿损失。我们刚生个女儿,长大给你做媳妇,这房子就算是你定媳妇的彩礼送给我们的吧。"

阿芳说:"哪家讨媳妇送这么大的彩礼。这个彩礼我送不起,这个媳妇我也讨不起。"

吴道的女友说:"阿芳你真没眼光,我这个女儿吴冰冰长大后,可是要当大明星的人。到时,你还不知道把这个房子甩给哪个流浪的去住。"

吴道说:"你这个媳妇做了明星后,冬天用飞机把你和吴亮送到海南岛过冬,夏天又用飞机把你们送到北戴河去度假。你们俩过着候鸟的生活,到时人人都羡慕。"说来也奇怪,正在吃奶的小吴冰冰,睁开小眼睛看着阿芳,好像在说,婆婆不用担心,我会做个大明星的。

阿芳把气放到了一边,抱起小冰冰亲了亲,又放回她母亲的怀里。

阿芳看着这两个无赖,知道房子是要不回来了,只好带着儿子走出了自己家的门,租房子去了。

马各原来和吴亮住一栋楼,现在和吴道是邻居了,有事没事来吴道家串门,逗逗吴冰冰,开心地笑笑。当吴道与他说起做连锁销售的损失时,马各很有经验地告诉他,自己加入这一行就没有损失,反而还赚了几个。

吴道问:"那是怎么回事?"

马各说:"你要学会把风险抢先一步转嫁到你上面的头上,你现在转嫁迟了。"

吴道又问:"你是怎么转嫁的?"

马各头头是道地说起来:"我刚开始表现得非常积极加入这一行,也积极拿钱申购。让他们对我充满信心。后来,故意说经济周转就差那么一度圆不过来,向上面借个一万两万,隔个三五天就还,这样他们就认为我很讲信用。再隔个几月,说有五六个人要上,就是缺资金十来万,如果失去了他们,我们的发展就渺茫了。这时他们不愿失去这个机会,也不愿拿钱时,我就做个'两全的齐美'的事,出来担保。他们也放心地把十来万交到我手上。你算算,我除了申购钱,不还赚了?"

吴道又问:"那你借的这个钱不还了?"

马各说:"还他个屁,我还嫌'借'少了。"

吴道说:"你借的钱,没打借条? 也不怕他们跟你打官司?"

马各哈哈大笑起来,说:"借条我写了,白纸黑字在他们手上,那又有什么用? 你想想,他们敢打官司吗?"

吴道"称赞"道:"你真聪明绝顶,但你做的这等不讲信任的事,不怕留骂名? 以后谁又敢和你交往呢?"

马各说:"人在世上,只要自己过得好,能借到的则借,'还'我从来没想过。谁和我交往,自有那新来人。"

吴道女友抱着女儿边喂奶边说:"'今生有病为何因,故意欠钱不还清',佛教讲因果报应,马各,你才四十出点头,这么年轻遭报应呐。"

马各最近感觉身体不适,经常发热、鼻塞、咳嗽等。经医院检查已经是癌症晚期,家里人都为他准备后事了,只有马各一人不知道。

马各苍白的脸还带着笑说:"我从来不管它什么报应不报应。但我要问一句,你们在这里占着人家房子,不怕报应吗?"

吴道说:"我们没有占人家房子,这是吴亮讨我家女儿做儿媳妇送的彩礼。"

马各说:"现在也流行定娃娃亲? 我看你的做法,比我的做法还高一筹。"

吴道沉默不语,拿出在山枫家偷偷带回的数码相机,为女儿吴冰冰拍起照来。

荆棘花、樊昌、张晟等人在山枫家被清理出来后，都被送到看守所，一个个都做了笔录。领头的几个人都受到了拘留处罚。

根据荆棘花等人供词，一致认为山枫是连锁销售的首要分子，是他们进入连锁销售行业的领头人，都要求处理山枫。但这些人提供的证据都零零散散，很难形成一个证据链，说山枫是领头人要拿出有力的证据。

但说到收集山枫的犯罪证据，大家都力不从心，不知道从哪里下手，曹凤忽然想起计学法。

计学法的儿子在上海一家公司上班，由于过度加班，年纪轻轻健康出现严重问题，如果不是同事及时发现他晕倒在办公桌上，送往医院，那计学法就白发人送黑发人了。

荆棘花打电话通知计学法到山枫家集中时，他正在医院陪儿子，没有参与"私闯民宅案"，还自由在外。

荆棘花在曹凤的提示下，打电话找到计学法，她们让计学法出面，拿出传销层级关系图，说明山枫是传销的首恶分子，要求公安部门逮捕，检察院诉讼，法院判决。

计学法刚好陪着儿子出院，他一回到家里，就接到荆棘花的电话，听懂她们的意思后，心里可乐了。

计学法拿出早已准备好的层级关系图，在兴义出局的高级业务员有一百多个，未出局的有几百来个，计学法拿出《最高人民法院 最高人民检察院 公安部 关于办理组织领导传销活动刑事案件适用法律若干问题的意见》反复看了几遍，其中有"可以结合依法收集并查证属实的传销人员关系图，综合认定参与传销的人数、层级数等犯罪事实"。按这条应当给山枫等百来个人以组织者、领导者追究刑事责任。

计学法又根据举报人可得罚款奖励的有关规定算了一笔账：这百来个高级业务员，就是组织者、领导者，不但要把他们送进大牢，还要罚款。如果按每人最低罚款二十五万来算，也就是两千五百多万，即使按百分之三十算，那自己也可得举报奖金七百五十万。

计学法一看这预算的奖金数字，激动的晚上炒了一碟花生米，独自一人喝了一瓶八毛烧。他想自己即使是"千万"富翁，生活也要勤俭，不能今朝有酒今朝醉，做个纸醉金迷的人。

他想这件事不能让第二个人插手，否则这个奖金就要分一半出去了。晚上睡在床上，还想这财神菩萨总算光顾了自己，想不到传销没有做出来，三百八十万的梦破灭了，但这个举报的奖金梦即将实现了，而且数额还是它的两倍。这真是老天爷关了你这道门，他会给你开另一扇窗。这笔奖金怎么用，等儿子回来再作商量。不知不觉计学法进入了梦乡，还做了许多花花美梦。

第二天，计学法打电话给荆棘花说："山枫他们的层级关系图，我早已画好，目的就是为了今天整倒他们，把他们一个个送进大牢，罚他们的巨款，没收他们的所有财产，分给我们这些受骗上当的人。"

荆棘花说："那你今天把层级关系图带到我这里来，让曹凤她们几个也来，商量商量怎样向公安局举报。"

计学法心里想，你倒想得美，我把"关系图"给你看，还让我与你共同去举报，到时你们和我共同分得举报奖金。

计学法又打电话给荆棘花说："'层级关系图'我会递交公安局的，山枫、吴亮这些人，已经被我的'绳子'像串小鱼一样串成一挂了，就等着拎到公安局了。你们也不用操心，也不需要见什么面。不过我来回公安局需要费用，没有出局的我统计了一下，有二百来个人，每人要向我交二百五十块钱,作为这项活动的专用经费。以后这件事,就由我来负责。"

计学法拿起计算器算了算,能收五万多块。这下自己的生活费用又不用愁了。

荆棘花说:"你这个费用能不能少收一点,我们初步地算了一下,要不到这么多。"

计学法说:"我们要想把以山枫为首的这些高级业务员送进监狱,我天天要跑公安局,甚至还要租床租被褥睡在公安局大门口,催他们尽快立案。如果公安局要找借口推迟立案,我还要坐汽车到市公安局立案,在那里吃住都要钱,如果案子需要两个月才能办好,你还要再按人头收费。"

计学法又在电话中说:"你告诉他们,先每人拿点小钱,是为了以后得到更多的钱。请他们相信,公安局是让我三分的。"

荆棘花和曹凤等几个人商议后,由荆棘花在电话中答应要求,把五万多块钱打到计学法的账户上,让他先用着,不够再集资。

计学法收到钱后,他拿着层级关系图跑到县公安局举报。县公安局经警队的邹队长收下了他的举报材料,也作了登记。

从此,计学法每天到上班时间就来到公安局邹队长的办公室,问立案没有,抓人了没有? 那一段时间,公安局的事情比较多又忙,咨询室的工作人员告诉他,已经立案了,但是需要搜集更多证据,把先前手头上的事情忙完了,到时再通知你。

但计学法还是天天往公安局跑,到邹队长办公室一坐就是一上午,下午还跑到别的办公室问这问那,干扰了局里工作人员的正常办公。

邹队长又不能不让他进来,又不能推他出去,只好安排两位值班民警看到计学法再来时,站直身子堵在门口,眼睛还直视前方,表示在严肃执勤。

计学法以为今天有什么大领导来视察,不让闲人出入。但计学法想,我不是闲人,我是为社会除害的重要举报人。于是,他走上前想推开他们进去,谁知他们像钉子钉在那里,计学法没推动。

他又一想，我就在外面等，等他们领导来上班，我趁机跟进去，如果是视察的大领导，那就更好办了。他们不敢阻拦，否则，我就喊他们不让举报违法的人进入，举报了也不作为。到时记者来了一曝光，他们就吃不了兜着走了。

公安局的邹队长忙完了手头上的案子，把计学法的举报材料"层级关系图"仔细地看了一遍，这个关系图显示山枫是"首恶"分子，但要真正量刑定罪，还需要更多有力证据。

于是邹队长用内部电话通知值班民警，叫计学法到他办公室来。邹队长刚一放下电话，计学法就跨进了他的办公室。

邹队长说明了请他来的原因，一是告诉他举报的案子现已着手办理；二是你层级关系图这项材料只能证明山枫是首要分子，但不能证明山枫欺骗了大家，是"首恶分子"。我们还需要提供关于山枫欺诈的其他材料，等这些材料齐全了，我们才能送往县检察院，检察院才能向法院起诉山枫。计学法一听急了，赶紧说："需要什么材料我都可以去搜集，只要你们逮捕山枫，抄没他的财产，赔给我们这些受害人。"

邹队长最后说："你是当事人，由你提供给我们当然也可以，但证据我们需要核实，案件也需要调查审理。既然你说你有证据，那赶快去收集吧"。这是邹队长在催促计学法快点离开他的办公室，让他好办公。"

计学法想，山枫这个人是个脓包，什么本事都没有，自从兴义回到家一个人都没有发展成功，自己躲在家里写几句诗，还牵头成立什么诗社，结果诗社成立了，领导权被人家夺走了，自己还被人家赶出了诗社。这样的人，说他"首恶"有点困难。

吴亮做了山枫的下线，还是他自己硬要去的。计学法突然想到，只要证明吴亮是传销的首恶分子，山枫是吴亮的保护伞，那山枫也就是传销的首恶分子。

当时，在兴义就听阿安和阿兵说过，他们开八轮拉土车的几十个司机都跟吴亮来做传销,使正在修建的公路停工,延迟一年完工通车。造成了巨大的经济损失。

计学法认为吴亮的这个罪证有分量,背后肯定是山枫指使的。于是,计学法打电话到交通部说明了情况,有关部门很快找到那段高速公路的项目经理,并出具了纸质证明。

计学法还听张晟说,吴亮为了请他出来做传销,屠宰场的工人都跟来了,县菜市场一个多月都没有肉卖,严重影响了当地居民的生活。

计学法又听洛梅说,吴亮到服装厂,骗她带领工人出来做传销,迫使整个服装厂停工,延误了订单,赔偿了巨额损失。

计学法分别跑到上述两个单位取证,他们也都出具了纸质证明。这些材料收集齐全后,他还写了《关于山枫是传销首恶分子吴亮的"保护伞"》的说明材料,一并交给邹队长。

公安部门调查了这起传销案件,发现的确有很多本县人的参与都与吴亮脱不了干系,而山枫又是第一个去西部了解传销的人,于是将计学法的层级关系图和各个大型企业的证明又一同交到检察院。检察院根据这些材料,写了一份起诉书交到法院。

法院接到起诉书,决定将山枫和吴亮分开审理,先审理吴亮,择日再审山枫。

自从法院接到山枫和吴亮的起诉书后,计学法又每天往法院跑,要求法院从快从严,审理吴亮这个首恶分子,尤其是山枫这个"保护伞",并同时要求法院给他们以高额罚款。

计学法在法院故意放出话,如果法院在三天内不审理他们,不高额罚他们的款,他就叫满三辆大巴车的人到市里举报法院不作为,有意放纵传销的首恶分子。

三天后,计学法又跑到法院问院长:"为什么还不开庭?"

院长对着书橱,装作边找资料边说:"我们法院办事有我们法院办事的

流程,该怎么判有法律依据,不是你要我们什么时候审就什么时候审;不是你叫我们怎么判就怎么判。如果你再提出无理要求,我就以你干扰司法公正为由,把你请到另外一个地方'蹲几天'。"

院长不面对计学法说话的原因是防止他又举报,说什么院长在人民面前摆架子,还要官腔,态度恶劣,言语粗暴。如果上一级领导接到他的举报,如何处理? 如果按计学法的举报处理院长,院长冤不冤,他是在维护本法院的正常工作秩序;如果不处理吧,计学法说公务员不为民执政。为了避免这些麻烦,院长不得不这样做。

计学法听了院长的话,也没看见他的表情,不知道他是说真的还是在跟自己开玩笑。反正"让公安局来处理你"这一句听得很清楚,想想自己的行为有点严重,计学法赶忙偷偷地溜走了。

一个星期后,法院开庭了,吴亮到庭受审。计学法也坐上了证人席。法庭上,首先由检察院宣读起诉书。

指控一,吴亮组织、领导的参与传销活动人员累计达一百二十人以上。高速公路项目部、服装厂、屠宰场都出具证明,他们企业的工人都被吴亮骗去做传销了,造成恶劣影响。

指控二,吴亮直接或者间接收取参与传销活动人员缴纳的传销资金数额累计达二百五十万元以上。

关于这一条,吴亮申诉到,他没拿这么多钱,因为钱都被他们"借"走了,洛梅一个人就在我这里拿走了几十万。吴亮又拿出熙缘大酒店的发票说,我的奥迪车都被他们吃掉了。

计学法也拿不出参与传销活动人员缴纳、支付费用的记录。这一条,吴亮的代理人主张"疑罪从无"。法院暂且采纳。

指控三,吴亮造成了其他严重后果和恶劣社会影响。

关于这一指控,起诉人在法庭上宣读了相关证明,如高速公路项目部指控吴亮破坏了公路建设项目;服装厂指控吴亮给他们厂造成了巨大的经济赔偿损失；县政府代表全县人民指控吴亮造成市场紊乱，影响了人民的生活。

符合以上指控三项之一的，应当认定为刑法第二百二十四条之一规定为"情节严重"。而吴亮的犯罪事实符合其中两项，情节更加严重了。

法院对吴亮传销案审理后，经过合议庭合议，最后宣判：吴亮被公诉人指控三条，本法院确认两条，根据相关法律，处五年有期徒刑并处罚金。计学法按捺不住当庭就问审判长，罚吴亮多少？最低不会少于二十五万吧？反正你们要按百分之三十发给我七万五千块钱举报奖金。如果少一分，我就到上面举报你们"宽恶压善"。审判长严肃地告诉计学法："吴亮的罚金要根据他非法所得多少以及实际获得多少来定，都有法律依据，不能你说罚多少就罚多少。"

计学法说："吴亮在熙缘大酒店'请'我们吃饭的钱，洛梅敲诈他的钱也算啊？"

审判长说："现在我没有时间跟你解释，明天我们还要审理山枫传销案。"说完走出庭外。

山枫案开庭时,旁听席上座无虚席。荆棘花、曹凤、洛梅、蓝平等十几个人也来了。章奋也赶来了,沙凤也来了,计学法仍然作为证人出席。

今天是由法院院长亲自担任审判长审理山枫的传销案件。

山枫被手铐拷着,两个法警把他押了上来,坐在书记员对面的被告席上。

坐在旁听席上的荆棘花等人举手,质疑那个坐在被告席上的人不是山枫,一致要求做DNA鉴定。

法院为了证明坐在被告席上的就是山枫,只好调出公安局库存的山枫指纹,与现场山枫的指纹进行比对,让他们确定被告席上就是山枫后,法庭开始审判。

在审判长将要宣布开庭时,他们又愤怒了,都举手抗议,一致要求山枫站着受审,不这样就不足以平民愤。

审判长为了审判的顺利进行,只好示意法警抽去山枫屁股下的椅子。

审判长敲击了一下法槌,宣布开庭。

公诉人在宣读起诉书前,作了起诉说明。他说:"在整起传销案件中,有证据表明是山枫是吴亮的上线,昨天在法庭上对吴亮的三条指控都适用于对山枫的指控。"

公诉人说明之后,把对吴亮的三点指控用来指控山枫,让法庭调查。

第一项是指控山枫组织、领导的参与传销活动人员累计达一百二十人以上。法庭调查时,计学法建议把一百二十改为二百五十人。

审判长解释到:"人数是经过我们调查的,不是你想说多少就是多少的。"

对于这一项指控，山枫没有辩解，这么多同乡因为自己的大意接触到了连锁销售，他心中很是愧疚。

"第二项是指控山枫直接或者间接收取参与传销活动人员缴纳的传销资金，数额累计达二百五十万元以上。

这一指控，我们经过调查，山枫没有收受过传销人员的传销资金，所有的下线都是由吴亮发展的，吴亮又一直跟山枫的上级保持联系。因此这项指控不成立。"

"吴亮能取消这一指控，但山枫不能取消。"荆棘花不顾法庭纪律，愤怒地站起来说，"吴亮在熙缘大酒店请我们吃过饭，还被洛梅敲诈过。而山枫都不认识我们，也不请我们吃饭，也没听说有哪个年轻漂亮的女的敲诈过他。他的钱应当比这个数字还大，也没用完，可能用他家亲戚的名字存到银行，你们执法部门应当把山枫所有亲戚的银行卡都收来对账，谁银行卡上的钱多可能就是山枫存的。"

公诉人说："山枫的案件，公诉人是按法律程序举证，而不能超越这个程序去举证，你的取证方式不可取，即使最后查出来一大笔钱，也不能证明就是山枫的非法所得。"

荆棘花听了后，像泄了气的皮球瘫坐在旁听席上，也不用审判长警告她遵守法庭纪律了。

"指控三是山枫造成了其他严重后果和恶劣社会影响。"公诉人说，"之前吴亮直接造成高速公路建设停工、企业停产等社会恶劣影响，山枫没有直接参与，也没有证据证明他间接参与，我们公诉机关决定对山枫取消这项指控。"

"公诉人，这项指控不能取消。"旁听席上曹凤又站起来说，"我认为山枫是吴亮的保护伞，不然，吴亮没有这个胆量敢做这样严重危害国家和社会的事。"审判长敲了敲法槌，示意旁听人员安静，按照程序要求证人发言。

　　这时，一个大家都没想到的人从证人席上站起来，声音柔柔地说："我是这起案件参与者荆棘花的侄女沙凤，姨妈她们聚在一起谋划的时候，我都在旁边认真听着，因此对事件有很深的了解。我听她们说过，吴亮根本就不待见山枫。当初姨妈准备送酒给山枫，让山枫介绍她参加连锁销售。吴亮听说后对她说，山枫是个草包，对他们的行业什么都不懂，虽然是他的上线，但他们把山枫看成什么都不是。结果，姨妈把酒送给了吴亮。山枫连他们这些人都不认识，也不知道他们是干什么的，他没有权又没有后台，怎么命令这些人干与不干，又怎么充当保护伞？据我了解，这些参与到传销中的人员里，没有一个是山枫'引荐'的，就连吴亮也是眼红山枫挣了大钱，硬是要跟着他干，每天去人家里闹个不停，山枫才把吴亮推荐给了自己的上级。现在怎么能把账算在山枫头上呢？"旁听席上的人看着沙凤胳膊肘往外拐，一个个气得不行。沙凤却不害怕，转身对审判长说："我说的话句句属实，法庭可以去调查。"荆棘花被自己侄女"吃里爬外"的行为气得发抖，但又找不到反驳她的证据。仔细一想，自己的确没有与山枫接触过，更不是山枫让自己"入的行"。让山枫来背黑锅不过是自己希望得到赔偿的私心"欲望"。想到这里，荆棘花蔫了下去，身上的刺也没法扎人了。

　　"关于对山枫的这项指控，没有明确证据，我们不予成立。"审判长听了沙凤的发言后说。

　　计学法急忙站起来说："虽然我们不能举证，但我们建议法庭按吴亮有罪来推定山枫有罪，指控他的这项罪名成立，判山枫的重刑。"

　　审判长说："你的建议，是让公权力机关侵害被起诉人人身权，对被起诉人形成有罪推定乃至作出有罪处理，法院是不会采纳的。"

　　计学法又举手要求发言，审判长伸出右手，手掌向上轻轻挥了挥，做了个允许的动作。

计学法站起来说："谢谢审判长的准许,我和荆棘花、曹凤这些在座的人,认为法院对山枫减少两项指控是有法律依据的。但我们要求对山枫的罚金要是吴亮的两至三倍,最低不能少于五十万,给我的举报奖金不能低于十五万。"

曹凤没有得到审判长的允许就站起来说："山枫只罚五十万远远不够,计学法要独吞十五万举报奖金,还有三十五万罚金上交国库,那我们这些人的损失不是白损啦。不行,我们要求法院再追加山枫的罚金五十万,再把山枫的房子判给我们。"

沙凤坐不住了,站起来说："曹阿姨,你们撬门入室把山枫家的财产能偷的偷了,连房产证都偷了,没偷的都给毁了,这些都是我亲眼所见。你们被金钱的欲望迷住了双眼,也迷住了自己的心眼。你们做出了严重违法的事,还在法庭上大谈什么依法严惩这个严惩那个。你们真让我心痛。"沙凤说到这里,为这些人包括姨娘的言行伤心地流下了眼泪。

审判长示意沙凤坐下,说："山枫一案还有没有举证?"

洛梅受张晟的委托,把在山枫家电脑桌里翻到的一张马各写的借条送到法庭上。"张晟对我说,这是山枫借给马各买车钱的借条,数字特别大,足以说明他这些钱都是骗我们的,凭这张借条就能加山枫的刑,还建议法院传讯马各,把这些钱还给我们。"

山枫的代理人律师一直没有说上话,他觉得这些荒唐的证据,根本无需自己去质证,法庭也不会采纳。第一,这是个人借贷,不是本案审理的范畴;第二,马各借钱从来是不还的,不向他追讨就不错了,借的钱怎么能证明是山枫的传销非法所得。

果不出所料,审判长说："此举证属于民事纠纷,借条不能作为山枫非法所得的证据,本庭不予采纳。"

计学法、曹凤、洛梅、蓝平等人一看法庭又不采纳证据,担心不抄没山枫家产,自己就拿不到赔偿,在旁听席上又喊又叫,一致要求严惩。虽然比吴

亮少两条指控，但应与吴亮同等量刑。否则，不足以平民愤。审判长只好又一次示意他们遵守法庭纪律，不然就请大家出去。

章奋举手示意要发言，审判长认识他，便示意他可以说话，想让他提供一些量刑方面的理性意见。章奋为了表示对法庭的尊重，站起来说："山枫作为一名诗人，做出这样触犯刑律的事，就量刑来说，应比'一般人'，如吴亮的量刑要高要重。因为他是诗人，能认清是非的人。我们以前特殊年代的时候处理人也是这样，有文化的要比文盲处理的重。在过去，还有个主要依据是众人众词，人家都说你有罪你就有罪，因为'群众'的眼睛是雪亮的。山枫的案件要放在过去，他的第二项和第三项指控是无法取消的，他的重刑是不能减轻的，因为在座的，还有不在座的这些人都说他有罪，而且罪行很重。"

章奋停了停又说："根据 1997 年 12 月 23 日最高人民法院《关于对故意伤害、盗窃等严重破坏社会秩序的犯罪分子能否附加剥夺政治权利问题的批复》的规定，对故意伤害、盗窃等其他严重破坏社会秩序的犯罪，犯罪分子主观恶意较深、犯罪情节恶劣、罪行严重的，也可以依法附加剥夺政治权利。山枫符合这个规定中的'等其他严重破坏社会秩序的犯罪，犯罪分子主观恶意较深、犯罪情节恶劣、罪行严重的'的规定。除了对山枫量以重刑外，我建议按这个规定剥夺他的政治权利，禁止他发表作品和出版作品，也剥夺他参与结社的自由。"

山枫的代理人觉得这样的指控简直荒唐至极，开口为山枫辩护道："山枫的这次行为，你们认为是'犯罪'，但他没有主观故意。我在搜集证据的过程中发现，他是无意中参与进去的。在《焦点访谈》播出后，才知道是行业是非法的，他自己也是被骗的，怎么能说是'主观恶意较深'呢？众所周知，到目前为止，没有人拿出证据证明他发展了下线，怎么能证明'犯罪情节恶劣'？我们现在是法治社会，怎么能像当年那样处理犯罪问题，大家说是就是呢？"

辩护律师停了停又说："我国《刑法》规定以下三种犯罪分子应当剥夺政治权利：一、危害国家安全的犯罪分子；二、故意杀人、强奸、放火、爆炸、投毒、抢劫等严重破坏社会秩序的犯罪分子；三、被判处死刑和无期徒刑的犯罪分子。山枫不属于这三种犯罪分子，谈不上剥夺政治权利。而1997年最高人民法院关于《附加剥夺政治权利问题的批复》的规定，在司法实践中是慎重运用的。无论从哪一方面去量刑，山枫都不符合这个规定，就更谈不上剥夺他的政治权利。他是个诗人，我们不能因为他的过错，就剥夺他写诗的权利。诗仙李白犯了'大错'，皇帝李隆基都只是把他流放到夜郎，也没有剥夺他写诗的权利，他的诗从来没有被禁止传播过。李白生活的那个时代还是封建时代，是个法治空白的时代。而山枫生活的时代，是个讲民主、讲法治的时代，为什么要超越法律，凭自己的主观好恶要求法院判什么重刑，更无端地要求法院剥夺什么政治权利，这简直让人不可思议。"

律师停了停，继续说："在我们法制健全的今天，山枫的过错适用哪项法律条文，就按哪项法律条文量刑，绝不姑息。但也不能超越法律去量刑。自古以来，文人相轻，章奋不满山枫，就像当年诗人将军高适抓李白一样，也不奇怪。我建议法庭实事求是的量刑。"

审判长看看控辩双方也都充分地发表了意见，举起法槌说："今天上午庭审结束，山枫一案，下午宣判，退庭。"说完，审判长的法槌落入法盘。

下午，审判长落下法槌，说："现在宣判，全体起立。山枫传销案，经过合议庭合议，依照《最高人民法院、最高人民检察院、公安部关于办理组织领导传销活动刑事案件适用法律若干问题的意见》判决如下：被告人山枫犯有组织领导传销罪，但其行为有间接性且无主观故意，判处有期徒刑两年缓刑三年，并处罚金。"

计学法又急了，吴亮的罚金不判数字，山枫的罚金也不判数字，这是法院有意不想给我举报奖金。

他没等退庭，就责问审判长："你们是不是想私下分我的举报奖金，只判罚金，不判数字。如果你们再不判数字，想隐瞒数字，我就到市中院举报你们，让你这个院长当不成。"

审判长又举起法槌又落下，宣布退庭，头也没回就离开了审判席。

根据计学法举报的所有出局的传销高级业务员的层级关系图，法院经过一个月的专项审理，该判刑的都相应地判了刑，该罚款的也都罚了款。现在只剩一个传销头目阿友，还在外潜逃，网上正在通缉。

计学法眼看着传销案件审理已经结束，在家里就等法院通知他去领举报奖金。在这段等待的时间里他又到上海儿子那里，与儿子商量在上海环境最优美的地段买个大套给儿子结婚，再买个小套自己住。他和儿子在黄浦江和大海交汇处的怡梦园小区选了两套，把儿子积攒的二十五万元交了押金。

计学法又带儿子到奥迪4S店，给儿子选了个奥迪，到通用4S店给自己选了辆雪佛兰。他认为这个名字好，有纪念意义，这笔举报奖金就像雪中送炭，让自己后半生生活得暖意融融。他父子买的这两辆车都是市场上的紧俏货，必须先交押金，一个月后才能提货。

计学法把时间算一算，差不多在一个月内，那笔七百五十万的举报奖金就能到账，于是他把荆棘花等人集资的五万交了押金。一切安排就绪后，他又请装潢设计师到怡梦园预定的两套房子里，给他先把装潢设计图纸拿出来，等举报奖金一到手，先着手装潢，然后他从上海一路哼着《潇洒走一回》的小调回到家。

一个月已经过去了，计学法有点急了，荆棘花这边不断打来电话，催要补偿。这是计学法承诺的，只要荆棘花她们都能为他提供费用，她们原来的损失都能通过执法部门的帮助追回来。如果执法部门不帮他们追回损失，计学法说过，他再到市里举报他们，市里不行，再到省里，一直举报到北京。

一眨眼又半个月过去了,计学法还没接到法院通知他去领举报奖金,他真的着急了,在家像热锅上的蚂蚁坐不住了。

星期一到了,计学法看好法院上班时间,来到院长办公室。见到院长,忙上前从口袋里掏出香烟递上去,说:"这个举报奖金不下来,我抽烟都降到最低档次了。"

院长摆摆手说:"我不会抽烟,请坐。"计学法就坐到院长办公室的沙发上。院长亲自给他泡了杯茶,放到茶几上。

计学法想,当官的就怕老百姓举报,如果我上次不在法庭上说,隐瞒罚金数字就举报他,他今天也不会这样热情,又是请坐又是倒茶。

院长自己也泡杯茶坐到计学法侧面的沙发上,说:"老计啊,你举报的传销层级关系图上所有的人,我们都审理完了,该案已结束了。你今天来还有什么举报吗? 如有举报也不该到我这里来啊,应去公安局啊?"这是院长明知故问。

计学法又故意掏出烟放到茶几上,说:"你懂的。"

"希望你明说,我作为执法部门的领导不能乱猜你的心思,有的人,你猜对了,他说你猜错了;你猜错了,他说你不能体察人民的心声。我像爬戴公山一样,才爬上来,稍不谨慎就被'举报'到漳河里淹死。所以,我还是要求你说清楚为好。"

计学法把端起的茶杯往茶几上重重地一放,杯子里的茶水也溅到茶几上:"你这个院长是真不懂还是装糊涂? 我初步算了一下,你们审理了一百多个高级业务员,每人最少罚二十五万,总计罚金有二千五百多万,就算按百分之三十的举报奖金计算,我应得举报奖金七百五十万。案件已结束,为什么到现在还不把举报奖金打到我的银行卡上? 你们为什么还不把罚金拿来赔偿荆棘花她们这些人的损失?"

计学法的声音越来越大,情绪也越来越激动。争吵声引来了三个法警,有两个迅速站到计学法的左右,把他架起来。

院长说:"荆棘花她们这些人自己参与了传销,并聚众闹事,私闯民宅,扰乱了社会秩序,给山枫造成了重大财产损失,还霸占吴亮住宅,公诉机关已根据公安机关的侦查材料准备起诉。你计学法参与传销的初衷,就是为了敛财。现在敛财计划落空,转身一变成为举报人,又以举报他人获取举报奖金来达到敛财的目的。我已接到公安机关的通知,荆棘花她们也在举报你诈骗,且诈骗数额巨大,五万多元。根据《刑法》第二百六十六条规定,诈骗公私财物,数额较大的,处三年以下有期徒刑、拘役或者管制,并处罚金;数额巨大或者有其他严重情节的,处三年以上十年以下有期徒刑,并处罚金。你诈骗五万元,属于数额巨大,你还有其他情节,就是参与传销,应当判处三年以上十年以下有期徒刑。"

院长对法警说:"公安局张局长上个星期五就来电话,说只要计学法到法院要举报奖金,立即把他送到公安局接受调查。你们赶快把他送过去。"

计学法干过交警,也懂点法律,知道诈骗是指以非法占有为目的,用虚构事实或者隐瞒真相的方法,骗取款额较大的公私财物的行为。由于这种行为完全不使用暴力,而是在一派平静甚至"愉快"的气氛下进行的,加之受害人一般防范意识较差,较易上当受骗。荆棘花说我诈骗,还真赖不过去。我以帮她们挽回经济损失为名,骗取了她们的集资款五万多块钱。她们把钱交给我的时候,还千恩万谢,确实是在一派平静甚至"愉快"的气氛下交的钱。实际上,我也知道这损失是不可能追回的,我是骗她们的,是非法占有,现在还把它作为买车的押金交了。

计学法想把山枫、吴亮等人送到监狱里,结果,把自己也送到了监狱里。

吴道也接到派出所通知,必须在接到通知的两天内,带着吴冰冰离开吴亮家。

荆棘花还是回到常州做起了老本行,曹凤回家安心接送孙子上学,张晟又被屠宰场召回。樊昌等其他人都回归到原点,该干什么还是干什么去了。

　　唯有洛梅不愿回去,她说:"我也不挑剔了,如果张晟不带我回去,我就跟吴亮回去,阿芳睡床上,我就睡地板上。"

阿友将要成为高级业务员的那天，也就是2010年8月11日中央电视台《焦点访谈》播出的"阳光下的传销"的那天。兴义迅速掀起了打击传销的风暴，尤其是公安机关，在全市开展了租住房清理行动。阿友正准备在兴义富民路凯旋大酒店摆上几桌庆祝庆祝，可是来不及了，也不可能了，只要一进酒店就被公安局抓个正着。

兴义一天也不能待下去了，而且一时也待不下去了。阿友越想越怕，晚上动身离开兴义。

兴义有时一连好几个月不下雨，抗旱能力弱的小植物，天天都卷着身子，耷拉着脑袋。13日这天晚上兴义突然下起了大雨，原先干涸的空气，也湿润了，小草也舒展开身子，昂起了小脑袋，猛烈地吮吸着雨水，伸展着已几个月没有伸展的身子了。兴义的人们呼吸着湿润的空气，都在注视着电视里滚动播放的"阳光下的传销"的新闻。

阿友乘着下大雨，挎着坤包，走出出租屋，来到盘江路，叫了一辆出租车，到顶效上火车。由于雨下得太大，车行到马岭河峡谷过桥时，与顶效开往兴义市区的私家小轿车相撞，阿友的左小腿骨折，司机昏迷。私家车车主受了伤，并报了警。

阿友见警车向事发地驶来，连忙拖着受伤的腿，冒着雨连滚带爬到桥墩下躲起来。她怕被警察送到医院治好了腿，查出她是做传销的，又要关起来。

警察来到事发地，把伤者立即送往医院，并对事故现场作了勘察。他们在勘察过程中，也对两辆事故车的受伤人员作了统计，但没发现阿友。因为阿友坐车的那个司机昏迷未醒,警察不知道还有个姑娘阿友。随后就清理了现场,恢复了交通。

阿友一人躲在马岭河大桥的桥墩下,不敢出来。这时已是凌晨了,雨也停了。她这时爬出桥墩,拖着骨折的腿想爬到桥上,可她怎么也爬不上来。

丫口村的花阳大叔四十岁,他每天在凌晨,就开着装满鱼腥草的三轮车,跨过马岭河大桥,来到兴义市区菜市场,将鱼腥草兑给菜市场的菜贩们,在天没亮之前又回到家,又开始一天劳作。

这天,花阳大叔,正好开着三轮车来到马岭河大桥,遇到交警在处理事故。等交警清理完现场后,他就跟着警车一路到兴义市区。他心里还暗自高兴,今天卖鱼腥草,还有警车开道。很快就将鱼腥草卖完,买了十个九龙大包,带回家作为自己和母亲的早餐。

当他开车回到马岭河大桥时,发现前方车灯照着的桥墩,有个人头忽上忽下,好像有人想上桥。不会是鬼吧。花阳大叔一想,听传说,鬼的活动在晚上12点之前就停止,更何况这个世界根本就没有鬼。即使是鬼,我这个大男子汉怎么会怕呢?现在,天要亮了,不可能是鬼,肯定是人不小心骑车掉下了桥。于是花阳大叔将三轮车靠右停好,下了车,来到桥墩边,在车灯照射下,向下一看,果然是个人,还是个女的。她躺在桥墩旁不能动弹。

花阳大叔跳下桥墩,也没问她的原因和来历,就背起阿友爬上桥。当花阳大叔要放下阿友时,阿友说自己不能站立,左小腿骨折了。花阳大叔又把她抱到三轮车上,说送她上医院,阿友怎么痛也不愿去医院。她想,上了医院,又要登记,又要问是什么原因导致受伤。如果医院发现自己是做传销的,又要报告公安局,等治好了伤,不是拘留,就是遣送。如果遣送回了家,我的名声就毁了,想找个像山枫那样有学问的老公,那就做梦了。

花阳大叔说:"我在路上,捡你个小姑奶奶,腿都断了,又不愿上医院,那我送你回家。"

阿友说:"到我家要坐一天的飞机。"她就不说,怕花阳大叔识破她是做

传销的。

花阳大叔焦急地说:"就把我这个三轮车按上翅膀,飞到你家,那你腿没办法治了,非锯掉不可,好端端的一个美人,就要变残废了。到时嫁不掉人,可能我要兜着了。你说怎么办?"

阿友是个"美人",这是花阳大叔,通过背和抱的零距离接触发现的,这种美中含着残缺美和悲戚美。

阿友说:"你就好人做到底,拖我到你家养伤吧。"花阳大叔没有办法,也只好这样了。

阿友忽然又说:"我到你家,有人要问我是怎么回事,你就说我的腿是你三轮车撞断的,因为没钱送医院,就拖回家养伤。"

花阳大叔一惊,说:"你这小姑奶奶,我救了你,你反而讹我,这真是农夫救了蛇,而且是一条美女蛇,这以后我肯定死定了。我真想把你丢在这半路上,看看你这美丽的样子,又不忍心,先回丫口的家里再说。"

丫口村紧靠马岭河,有百来户人家。这里的房屋大多是木吊脚楼,依山而建,次第升高,层层叠叠。木楼都是用枫木搭成,依山势向两边展开,暗红色的枫木板壁在夕阳照射下一片金黄。花阳大叔家居村口而建,也是座三层木瓦小楼,大门朝南,三间搭一厢阁。底层关养牲畜,第二层的西间是花阳大叔的卧房,东间是他母亲的卧房,还有堂屋和灶房。第三层储放粮食和杂物。

清晨,丫口村刚刚从睡梦中醒来,鸡鸭鹅纷纷走出吊脚楼,有的伸伸脖子,有的拍拍翅膀,都欢快地叫几声,随着小牛犊也哞哞地呼应起来。

花阳的母亲,起床穿好湛青色汉苗混合的便装,头上裹着带花的粉红色毛巾。她的背后总是背着个空背篓。苗族都用小背篓背小孩,村里人见了问花母(这是村里人对她的敬称),您老为什么早上就背空楼做事。

花母失落地说:"这是我将来为背孙子做准备。花阳虽然有四十出头了,但总有一天会让我背上孙子的。"

花母忙好了早饭,站在村口等儿子花阳。忽然,"嘭咚、嘭咚"的三轮车声由远而近,一会儿,到了村口,停在花母面前。

"妈,快到楼上,把我的床铺好。"说着,走到车后,抱起阿友,就要上楼。

这时天已散满红霞,照在阿友的脸上,花阳低头一看,金黄的卷发,白皙的瓜子脸泛着微红,柳叶眉,嘴唇薄厚均匀,一对丹凤眼晶莹发亮,带着一种惆怅向花阳眨巴眨巴着。虽然是横在花阳的手臂上,但她那S形的身材,也足有一米六五。尤其是她散发出女人特有的体香,让花阳大叔魂飞魄散,热血沸腾。这也是花阳大叔从来没有见过的美女,更没有抱过这样的美女。花阳大叔激动地把阿友越抱越紧,趁上楼的机会,把自己的脸贴到阿友的脸上。

上了楼,花阳大叔把阿友放到自己的床上。

花母一看,惊呆了,问儿子:"这么美的姑娘是不是你在路上抢来的,还是你骗来的。我们苗家人不做这被人骂的事,如果是这样,你赶快把她安安全全送回家,不能让她家人着急。"

"妈,不是这样的。她在马岭河大桥那里出车祸了,滚到桥墩下,腿骨折了,是我把她救回来的,你赶快烧水,帮她洗洗身子。我去兴义市区找钱老中医,来帮她接腿,如果再拖时间,她就会残废的。"

花阳大叔说完就要下楼,花母一把拉住儿子问:"是不是你撞的,为什么不把她送到医院?"

"妈,不是你想的那样。送她到医院,她不愿去。如果不相信,你去问问她自己。"花阳大叔说完匆匆下楼,又摇响三轮车开往兴义市区。

花母到灶房烧水去了。阿友躺在床上,仔细观察着房间,虽然房间装饰一新,还有床,但没有女人衣服;梳妆台上没有女人用的化妆品。阿友疑虑起来,难道花阳大叔到现在没有讨老婆? 如果真的没有讨过老婆,我这个才二十出头的大姑娘,又这么漂亮,睡在他的房间,睡在他的床上,花阳大叔一激动,我不就成了"大婶"了。

花阳大叔虽然比自己长二十来岁,据说,男女之间只要一冲动,是没有年龄大小之分的。再说"英雄难过美人关",更何况花阳大叔还是卖鱼腥草的,自控力更差,到时只有美的享受,就没有什么"叔"不"叔"的。如果这一切真的发生了,阿友在万佛寺观音菩萨面前求的美梦,想找个像山枫一样又有学问又有气质的老公,生个像诺贝尔的儿子,再生个像居里夫人的女儿,就成泡影了。想到这里,阿友可怕起来。自己想爬起来,离开这里,可是腿一点也不能挪动。眼角闪出了泪花。

花母拎来一桶水,倒在洗澡盆里,关起房门,帮阿友脱衣服洗澡。花母发现阿友的身子犹如泥中芦芽细腻而光滑,尤其是那丰乳和肥臀,最让花母心动。花母也听说过,讨媳妇就要讨胸前丰满的,屁股要大的,将来添个孙子、孙女都大嘟嘟的,而且要几个就能生几个。这要是我的媳妇又多好啊,帮我生几个大胖孙子,我的小背篓就派上用场了,也让村里人惊呆得合不起眼。花母越看越喜欢细心地给阿友洗着澡。

花母一边洗一边叹着气说:"我也有个像你一样漂亮的姑娘叫花月,今年二十六那,十四岁那年到上海打工。听说安徽有个叫山枫的诗人还为她写了首诗:

贵州少女
豆蔻年华马尾梳,生于丫口石依居。
春来山顶东边望,千里都市花卷舒。

结果,花月一到上海就被拐卖到山枫那里了,被一个三十几岁的男人买去做老婆,当年就生了个娃娃。她本身就是个十四岁的孩子,生理还没有发育成熟,就强行与她结婚,真让我心痛啊。据说那位山枫诗人,把那晚结婚的情景还写了诗,作了记录,我就不忍心再吟给你听了。

阿友听花母说到这里,心里咯噔一下。心想,我就是山枫那里的人,山枫我不但熟悉,还很敬佩他。花阳大叔要是知道我阿友是山枫那里的人,非报复不可。他会想，我的妹妹才是个花季少年，还未成年，你们那里的大男人就强行和她结婚。你阿友，已是个美丽的大姑娘了，我也学你们那里人和你强行结婚，这是一报还一报。

阿友心想，这下完了，我要做大婶了，做卖鱼腥草的老婆了。阿俊在万佛寺说我要向万佛磕头，膝盖磕破了，就让兴义菜市场卖鱼腥草的背回家做老婆，阿俊的话，这下还真要验证了。阿友想着，眼角又闪着泪花。

花母边帮阿友穿衣服边说："我儿子花阳，也是个能干人，书读到高中，就差一分没有上大学，回家学种鱼腥草，收入都高于当地的平均水平。也谈了恋爱，对象是邻村最漂亮的姑娘红月，也念了高中。她想凭自己的勤劳和智慧到上海打工挣几个嫁妆钱回家结婚。结果也被拐卖到外地，生了孩子。儿子花阳非她不娶，所以至今没娶。因为他天天思念着红月姑娘，人长得比他实际年龄要老巴得多。原来村里人见了他都叫他花阳大哥，现在村里人见了都叫他花阳大叔。姑娘啊，我也不知道你是哪里人，我也不问你是哪里人，但我能不能求你帮我做件事，就是请你劝劝我儿子找个姑娘结婚，早日让我抱上孙子。"

阿友心里想，这不是要我嫁给他吗？为了宽慰老人，无奈地点点头。花母见阿友愿意帮忙，脸上露出了笑容。

花阳大叔从兴义市里请来了钱老中医，今年已有八十高龄了。他原来是中国人民解放军边纵老干部，当年在战场救过伤员，接过骨头。新中国成立后仍然从事医疗事业，通过长期的积累，治疗各种疑难杂症很有一套经验，他还有中草药祖传秘方。

三轮车"嘭咚、嘭咚"到门口，钱老中医却下不了车，还是在花阳大叔的搀扶下，才得下来。钱老说自己的老骨头被这三轮车"嘭"散了架。要不是花阳这个人为人忠厚，他是不会来的。

顶效镇就有年轻的骨科医生，还是专业院校毕业的，为什么舍近求远呢？主要是阿友生的太漂亮，花阳大叔怕年轻医生帮阿友接腿接出感情来。在自己家里接好了腿，跑到人家怀抱里过日子，花阳大叔总是不舍得。

钱老中医又在花阳大叔的搀扶下，上了吊脚楼，来到阿友身边，坐在床沿上，摸了摸阿友受伤的腿，凭自己多年的就诊经验，找准了骨折的部位，然后站起身，让花阳大叔把阿友抱在怀里，并叮嘱要抱紧。

花阳大叔一下脸红了，不好意思。

"抱自己的老婆有什么不好意思，那你晚上怎么睡在一起的？"钱老中医说完，就双手握紧阿友的脚颈，对花阳大叔说："你就抱紧你老婆不动，我把骨折的部位对接起来。"

钱老中医把骨折的部位轻轻地对接起来。阿友倒在花阳大叔的怀里，不断地"啊哟"着。花阳大叔见状，就脸贴着阿友的脸给以安慰。

钱老中医安慰花阳大叔说："这是一时之痛，一会儿你老婆的痛就会减轻的。"他又仔细地把原来骨折的部位摸了摸，感觉很平滑。高兴地对花阳大叔说："无缝对接，一次性成功。"随后给她上石膏粉，上上夹板，用白沙布左一层又一层，严严实实裹好。

这时，阿友发现花阳大叔把脸紧紧地贴在自己的脸上，也没有反抗，也没有厌恶，反而还觉得是一种依靠，是一种安慰。随后又闭上眼睛，就让花阳大叔那样脸贴着脸。

钱老中医说："腿已接好，你必须每天要炖骨头汤给她喝，这样就恢复得快。骨折骨折，两个一百。也就是说要两百天，才能完全下地走路。可是你晚上睡觉时不能碰你的老婆哟，熬都要熬两百天。如果你再把她压断了，就接不起来了，那她一生世就残废了。"

花阳大叔听了，连连点头。他心里高兴，阿友能在自己家里住很长时间，能天天见到阿友，又听钱老中医左一个"你的老婆"右一个"你的老婆"叫得他心里直痒痒。

钱老中医要走了，花阳大叔抱着阿友久久不舍得放开。

花母看着儿子也这么喜爱阿友，心里也高兴，但这"高兴"从花母的心头一闪而过，阿友姑娘能成为我的媳妇吗？花母心里又想，不管成与不成，要精心护理，把她的腿伤养好。并提醒儿子说："我们苗族是个厚道的民族，尤其是我们家，有着优良的家风，不学那个外地人对待你妹妹花月那样对待她，不做伤天害理的事。阿友是个漂亮的好姑娘，谁都想她做老婆。在我们家养伤，不但要把她伤养好，更不要在我们家出意外。她伤好了，愿意做你的老婆，我们摆酒祝贺，不愿做你的老婆，我们安全地把她送回家，认她个妹妹好走动。"

阿友听了，心里感动得眼角又闪着泪花。

"妈，你想多了。今天晚上，你就搬到我的房间来住，好照顾她。我到你那儿住，也便于每天起早去卖鱼腥草。并在兴义菜市场卖猪筒子骨或猪排骨回来炖汤给阿友喝。"说完，搀扶着钱老中医下了吊脚楼，付钱给钱老中医，他不要，并说："我要向你学习，见义勇为。如果她要成了你的老婆，你可要请我喝喜酒哟。"

"那是当然，一定请您老人家坐首席。不过，有这可能吗？"花阳大叔挠挠头，露出苦笑。

"你这么诚心，天也会感动的。"钱老中医说完，上了三轮车。

两百天后，阿友能放下拐杖下地走路了，偶尔走出门，站在走廊下向村里眺望。这下引来了丫口全村的老小，站在花阳大叔家的吊脚楼下，看着阿友。

有的说，花阳大叔什么时候讨个这么漂亮的老婆藏在家里，不告诉我。

有的说，这个姑娘腿有点瘸，怕丑不愿见人。

有的在问花母，你家讨媳妇的酒和添孙子的酒一并办给我们吃？

"不是你们想得那样，这个姑娘腿受伤了，在我家养伤。"花母解释说。

村长花天也来了，问花母："这个姑娘是哪里人？ 腿是你儿子开三轮车撞伤的？"

"在我家养伤已经半年了，我也不知道他是哪里人，她也不愿说。但不是我儿子撞伤的，是她自己在马岭河大桥遇到车祸，伤了腿，又不愿去医院，花阳就把她带回来，在这里养伤。"花母说。

村长花天说："最近，网上发了个通缉令，有个女青年，是个传销头目，已潜逃，兴义市公安局也发出通知，要我们村协查。"

花母一听，心里一惊，不会是我家这个阿友姑娘吧？ 听她说话，不像是本地人。花母心里想，这样的姑娘怎么可能是传销头目，还被通缉，我要保护她，千万不能被"通缉"走，等儿子回来再说。

花母连忙为阿友打拥护，一边把阿友往房里推，一边说："花天村长，她肯定不是什么传销头目潜逃犯，她自己说，腿伤养好了，就和你大侄子花阳结婚，她也是你早就盼望的侄媳妇。"花母说着，还回头问阿友是不是？ 阿友听村长说，网上在通缉她，吓蒙了，头点得像小鸡吃米。

"这么漂亮的姑娘，要真是我的侄媳妇，那我就不汇报了，就说我们村里没有潜逃犯。"花天村长说完，就走了。

村里人在吊脚楼下嚷着，要花母办喜酒给他们吃，孩子们要吃糖。

花母说："那肯定，那肯定。"村民们也各自散了。

白天，花阳大叔在地里挖鱼腥草，晚上回来，看阿友心情非常差，吃饭时闷闷不乐。花阳大叔夹了块最好的肉放在阿友的碗里说："腿好了，和原来一样能走路了，应当高兴才对。为什么还愁眉苦脸呢？是不是想家了。再过几天，你告诉我，家住哪里，我亲自送你回去。刚说完，阿友放下碗，趴在桌子上哭起来。

花阳大叔回头问母亲："今天家里发生了什么事？"

"花天村长今天看到阿友，说她好像是网上被通缉的女传销头目，是个潜逃犯，"花母说。

花阳大叔知道阿友伤心的原因后，说："阿友，你只是被怀疑是传销头目，被通缉。如果是真的，我也不会让他们把你抓走。你家乡来人，你就说是我从你家乡娶回的老婆。他们要是强行把你带走，我会跟他们拼命。我会要他们还我的妹妹花月，还我的老婆红月。如果警察说我窝藏逃犯，我说他们包庇拐卖人口犯，至今不把我妹妹花月，还有我最心爱的人红月送回来。"说完，花阳大叔也趴在桌子上哭起来。

花母见阿友哭了，自己的儿子想起往事哭了，花母想起女儿花月，又想起至今没有抱上孙子也哭了。不是一家人的一家人，哭成了一团。

最后，花阳大叔擦了擦眼泪，站起来说："阿友，在我这里不用怕，有什么事我担着。如果要拉你去坐牢，我去。妈，你也不用伤心，老天有眼，孙子你一定会抱上的。"时间不早了，都各自洗一洗，早点休息吧。我明天早一点送鱼腥草去兴义，人家起早等着我的货。

晚上，花母由于一天的劳累，早已进入了梦乡。只有阿友久久不能入睡，今天所发生的一切，让她不得不思考自己的何去何从。

老家是回不去了,即使回去了,公安不找她,荆棘花,张晟等人也不会放过她。更何况计学法还有《连锁销售(传销)层级关系图》,虽然是最后一个层级,那也是传销的头目。听说家乡还在紧锣密鼓地通缉她,如果被通缉回去,判个三年五年,头带个劳改犯的帽子,自己也老了,没有了姑娘的光彩,到时谁还娶我。

山枫回去,不但家没有了,刑可能判得最重。他有荆棘花一人不放过,他就够呛。荆棘花最见不得山枫比自己当校长的丈夫刘宝长得帅,还能写什么诗,现在挣的钱也比自己的校长丈夫刘宝还多。

还有洛梅、张晟等人紧跟荆棘花后面,计学法想把山枫的事闹得越大越好,罚的款越多,他获得罚款奖金就越多。回去我也见不到他的面,也不知道他被"折腾"得在不在了。

我为了逃避通缉,摔伤了腿,在花家住了半年了。真是"路遥知马力,日久见人心",花阳大叔的爱心,花母的细心,让我恢复了健康。我发现苗族是个伟大的民族。

花母想我做他的媳妇,花阳大叔又是那样爱我尊重我,再加上我家乡人又做了对不起他家的事,卖花阳大叔的媳妇,拐花母的女儿。家乡人犯的这个"罪"只有让我来"赎"了。

阿友还想,花阳大叔虽然比我大近二十几岁,年龄的差距法律也没有规定,这并不是障碍,只要彼此有爱心。听过来人说,男人最疼爱自己的小老婆,含在嘴里怕化了,捧在手里怕摔了,背在身上安全,但又怕人笑话,听讲急得大男人不知所措。

小老婆被大男人这么深爱不说,阿友还听说,女比男小那么一大截,还能优生优育。

山枫就说过,李白的母亲就比李白的父亲小二十多岁,他们结婚生了李白,不但是诗仙,还千古流芳。阿友想,我要是跟花阳大叔结了婚,要想生个像诺贝尔的儿子或像居里夫人的女儿是有可能的,想到这里,阿友带着自我安慰进入了梦乡。

第二天，花阳大叔和往常一样，卖完鱼腥草，按时回到家。以前回家，花阳大叔拎着九龙大包子，第一个跑到阿友面前，递上大包子，并诉说着市里的见闻。阿友边听，边把手中的包子送到花母嘴里。

可这一次，不一样，阿友见花阳大叔表情凝重，走到阿友面前，拿出从兴义市公安局门口撕下的通缉令。

阿友一看，通缉令上印有的黑白照片，有点模糊好像是自己，正是家乡那边发来的。顿时吓得晕倒在花阳大叔的怀里，一会儿，阿友醒来，见自己睡在床上，花阳大叔正在喂水给他喝。阿友坐起来一把搂住花阳大叔。花阳大叔见母亲还在身边忙着，红着脸轻轻地推开阿友。

阿友还听山枫说过，《刑事诉讼法》第六十条，对应当逮捕的犯罪嫌疑人、被告人，如果患有严重疾病，或者是正在怀孕、哺乳自己婴儿的妇女，可以采用取保候审或者监视居住的办法。

阿友决定和花阳大叔结婚，如果来人逮捕我，我已经怀孕了，对我可以采用取保候审或者监视居住了。

这天晚上，阿友吃过晚饭，独自在房间里打扮了一番。然后对花母说："妈，从今晚上开始，你就是我的妈了。你还是回你自己的房间睡去吧，还是让花阳大叔回到他自己的房间来，这里的一切，包括我都是他的。"

花母一看，阿友今晚打扮得真漂亮，亭亭玉立，真像一位仙女下凡。又一听，这房间里的一切，还有她这个人，都是我儿子的了。心里乐开了花，让她更乐的是即将要抱孙子了。

花母急忙跑到自己的房间，把将要入睡的花阳大叔推醒，连拉带拽地他推进阿友的房间里，随手关上房门。

阿友一见花阳大叔进来，上前一把搂住花阳大叔亲吻起来，边吻边说："我的初吻早已给了你，今晚我要把初夜给你。"

花阳大叔这时一股热血直奔全身,幸福得热泪涌眶,紧紧抱住阿友,直觉得阿友全身热血在涌向他的全身,阿友也觉花阳大叔的一身热血也在奔向自己的体内。。

天亮了,花阳大叔看看睡在自己身边的阿友,心里想,有生以来,今晚是我最幸福的一晚,这是天赐给我的幸福,这是永远的幸福,我要加倍地珍惜,维护。

转眼时间,阿友发现自己已怀孕三个月了。花阳大叔带阿友到顶效镇医院做孕妇检查,在路过派出所门口时,一位民警发现阿友疑似网上的通缉犯,就立即报告市公安局,市公安局又派人来到医院拍照取证,然后将有关材料反馈到当地。

几天之后,当地警方派来了张警官、邵警官和一位小李的女警官,在兴义警方的配合下,来到丫口村,找到了阿友。

花阳大叔在吊脚楼上,热情地接待了他们。花母分别给远方的来人泡茶,花天村长在一旁陪着。阿友在房间里不敢出来,还是小李警官走进房间向阿友说明来意,需要阿友配合调查。

阿友见家乡来人,既高兴,又害怕。什么高级业务员,什么380万,都是水中月,雾中花。阿友想,这个传销把自己"传"得有家不敢归,还把自己"销售"到了苗寨当了媳妇。

阿友眼里含着泪对小李警官说:"什么传销不传销,你们不来这里我也是清楚的,和山枫一样接受法律的惩罚。今天你们到兴义这个苗寨来,就是我娘家的亲人,一定在我这里吃口饭,好让我永远记住我家乡的亲人。"说完,阿友一把抱住小李警官哭起来。

阿友边抽泣边说:"打击传销,把我吓得摔伤了腿,又不敢去医院治疗。多亏花阳大叔救回家,在花母的精心照料下,让我恢复了健康。花母的儿媳和女儿都被拐卖。我只好留下来作为对他家的补偿。"

张警官和邵警官也进了房间,听了非常感动。三位警官站成一排举手行礼说："我们代表阿友家乡的亲人，代表阿友向花母和花阳大叔表示最崇高的敬意，也向苗寨的人民表示最崇高的敬意。"

张警官对阿友说："阿友，你受惊吓了。我们通缉的是另一个女青年，也叫'阿友'。今天我们千里迢迢来带回那个'阿友'，经过这里，再了解一下你这个'阿友'。根据调查，你这个'阿友'还未正式成为高级业务员，你还够不上刑事处罚。"

"原来，我是虚惊一场。"阿友叹息道。

邵警官问阿友："你还想回家吗？"

"不，这儿就是我的家了，我已经离不开苗寨了，这里已有他们的儿女了"。阿友说后拍拍自己的肚子。

"阿友的'虚惊'，让我得到了幸福。真的要感谢……"最后花阳大叔激动的不知道要感谢谁。

花母激动地拿出家里最好的烟烤肉和苗家的土特产，也拿出自己的最好的手艺，整了一桌子菜，花阳大叔也买来兴义酒厂酿的最好的酒，花天村长和兴义市的警察同志陪着。阿友和小李警官手拉着手，张警官、邵警官四人一道走出房间，花天村长要让阿友家乡来的亲人坐在首席。花母端上凉拌鱼腥草，花阳大叔先给阿友的亲人斟酒，牵起阿友共同先敬了一杯。花天村长、兴义陪同的警官都敬了酒。

阿友家乡的亲人也都回敬了酒，苗汉一家其乐融融。

第三十六章
西山石海玉为峰
怀抱人间第一红

山枫的一趟西部之行，让自己掉进了马岭河大峡谷，三太子的龙鳞片捡到手，先变成黄金，后又变成石头砸了自己的脚。这一次砸得不轻，把自己砸得跛腿了好几年，老婆也跟着别人跑了。

山枫一个人坐在家，想抄起笔写几句诗，但平仄都忘记了，好歹章奋要求法院剥夺他的政治权利这一处罚没有被采纳，他写的诗还有人读。

这又是一个牡丹花盛开的季节，他决定去西边山上的牡丹园里看看，写几句练练笔复习复习。

山枫从东坐车一路向西，进入景区大门，又坐车盘山十五里，到达牡丹园。这个牡丹园东南北三面环山，向西开放。当山枫从东北入口处进入牡丹园时，跃入眼帘的是一片各色牡丹竞相绽放，姹紫嫣红，美不胜收。西山牡丹园是以自然山势拾级平地而种，嶙峋的石林相伴其中，更使"国花"娇艳动人。

牡丹园中，有两棵近两米高的牡丹，这是西山的牡丹王——姚黄魏紫。山枫被它们吸引了，径直来到花前。这时，有一个年轻姑娘早就站在这两株牡丹下，只见她肩披略显金黄色的长发，发尾微卷，瓜子脸上镶嵌着一双大眼睛，柳叶眉，高鼻梁，唇锋突出，唇角分明。她身材高挑，上身着紫色的新款春装，打着蝴蝶结。下身穿着黑色休闲半身裙，脚穿豹纹高跟鞋，挎着黑色牛皮包。不但形貌靓丽，更富有温婉和理性的气质。

山枫想，她就是这个牡丹园中绽放的最美的紫牡丹。姑娘转脸发现身边男子正在注视她，先是一阵羞涩，随后一惊，脱口而出："你不是山枫吗？"

山枫也一惊："你怎么认识我？你叫什么名字？"

"我叫沙凤，我还在你床上睡过几晚上呢，怎么认识你并不重要，我早就知道你是个诗人，仰慕已久啦。今天在这里不期而遇，可能是这姚黄魏紫安排的吧。"沙凤格外欣喜地说。

山枫忽然想起法庭上，那个为自己辩护的姑娘，问："你就是法庭上……"

"对，不谈那件不愉快的事。伟大的诗人山枫先生，今天我们同在这个花团锦簇、暗香浮动的牡丹园里，溢美之情，我难以言表，请先生写首诗表达表达我想说的这个美景，行吗？"沙凤要求到。

山枫想，我来这个牡丹园的目的就是复习写诗的，为何不在这美女面前露一手呢？他抬头看看环抱牡丹园的石海，又望望远处的南陵湖，再看看这盛开的牡丹花，孕育着起句，然后再找承句，这两句找到了，下面的转句和合句就容易了。山枫略思片刻，喊道："沙凤拿纸和笔来。"

沙凤从自己的皮包里拿出手机说："不用纸，你说，我记到手机上。"山枫吟道：

西山

西山石海玉为峰，怀抱人间第一红。

采取南陵湖上水，天香沉醉画图中。

沙凤在手机上写好后，反复朗读几遍，体会着里面的含义，说："写诗常常要用到赋比兴的手法，先生用了其中哪种手法？"

"这个你是懂的，是不是故意问我？"山枫反问道。

沙凤说："诗中的'第一红'肯定是比喻我。这'玉为峰'比喻谁？"

山枫说："你那双丹凤眼不能老是朝天上看，把眼光收回来，看看牡丹园里有谁？"

沙凤说："牡丹园里，只有我和你呀。"

"这'你呀'不就对了吗？"山枫对她哈哈笑起来。

沙凤忽然醒悟，这是山枫把自己比喻成这石海中的"玉峰"，要抱我这个"第一红"，不怪古人把诗人称为骚人，写得诗也透着"骚"劲。沙凤又一想，我将来要找的另一半，不就是要有点文学雅兴的人吗？

沙凤脸色微红，略带羞意站到山枫对面，近距离地观察着——山枫身材高大，穿一身浅灰色休闲拉链衫，精神矍铄，即使人生遇到了这么大的挫折，但丝毫看不出颓废之情。山枫的形象顿时清晰地刻在了她的脑海中。

沙凤掩饰住一阵激动的心情，转过身来，指着牡丹花中的石林问道："山枫先生，你知道这花海中的石林是怎么形成的吗？"

山枫说"我曾经写过一首诗，就是概括说明你提出的问题，这首诗是：

西山石林
黄河彩石远飞来，落向西山因识才。
不愿水中空有影，作林留得护花开。"

沙凤又把这首诗记录在手机上，反复朗读着，然后略有所思地说："先生诗里所写的意思是说，这个西山上的石林，都是女娲补天的余石，由于丢落在黄河里，不被人认识，它们看到西山是个广纳人才的地方，就都飞到西山做护花使者，一展才华。"

山枫还补充说："女娲这些补天余石，不但自己从黄河飞到西山，它们还把黄河里的蟾蜍和老龟也带过来安家落户了，并有诗为证：

西山灵石
西住蟾蜍东住龟，花前邀月举银杯。
黄河若问今何处，姹紫嫣红不让归。"

沙凤很喜欢山枫写的诗，又把诗记录到手机上说："这个从黄河来的蟾蜍和老龟，在西山过着纸醉金迷的日子，蟾蜍有'美女'姹紫陪着，老龟有'美女'嫣红陪着，自己乐不思蜀，还说人家不让归。"

"现在,我也乐不思蜀啦,你看这美丽的西山牡丹园,还有沙凤你陪伴着在身边,要我写这写那的,让我忙得不亦乐乎,把回家的事早忘了。"山枫说完,两人相对笑起来。

沙凤收住笑,恳求道:"先生,你说我是美女,又把我比喻这牡丹园里的'第一红',那我这个'第一红',将来要嫁给一个什么样人,你知道吗? 能写一首表达我心里想的吗?"

"你心里想什么,我的一个学生晴姑娘把诗早就写好了:

西山牡丹
引领群芳花最艳,西山红遍自为豪。
天香一缕谁陶醉,惟有风流学识高。"

沙凤把诗又记录到手机上,反复吟诵着,说到:"先生的学生晴姑娘把这西山牡丹比喻自己,心志如此之高。她这朵牡丹花最艳,还要引领群芳。只有'风流学识高'的人,才能娶到她这个像牡丹花一样漂亮的姑娘,才能享受到她这一缕天香。牡丹花的雍容华贵和姑娘的高傲心志相结合,这真是花人一体呀。"

山枫说:"这牡丹花的雍容华贵,不就是你的雍容华贵吗? 这晴姑娘的心志,不就是你的心志吗? 这一缕天香,不只有'风流学识高'的人,才能拥有吗?"

沙凤读了诗之后,心中意境忽然远大起来,心潮波动。她又盯着山枫看起来,心里想,这"风流学识"之人,不就在自己的眼前吗? 她情不自禁上前挽住山枫的胳膊,把头靠在山枫的肩膀上。

山枫惊讶了,站在牡丹园里也晕了。他想,我的诗让沙凤产生了幻象,她把我当作那个"风流学识"人物了。这里有好几个摄像头,有人把这个场景放到网上,那自己怕真的要进去了,这是"发晕"的原因。

山枫又一想,沙凤是自己主动挽我的胳膊靠在我的肩膀上的,反正自己

没有搂抱她,更没有过分的举动,这里的摄像头可以作证。就让她靠个够,反正我这个肩膀像这西山一样坚实。靠累了,她自然会回到现实中来。

一阵凉风过后,沙凤从沉思中走出来,理理被风吹乱的鬓发,看见自己靠在山枫臂弯上,羞红了脸,赶紧抬起头站好。山枫看她一脸茫然的样子,说:"大白天也能在牡丹园里做梦?"

"先生,不瞒你说,我做了个伟大的梦想。我梦见了我的爱人。"沙凤好像在另外一个世界说话。

"让民富国强,才是伟大的梦想,你在梦中看见爱人,也算伟大?"山枫不解地问。

沙凤说:"我有了爱人,有了自己的家,就有人爱我疼我,我就会安下心来工作。马克思说过,劳动能创造一切。我'创造了一切',我自己就富有了。人人都富有,国家不就强大了。这个梦想怎么能不算伟大呢?"

山枫认为沙凤说的有道理,又说:"不过刚才是'嫣红'看见了'老龟',不是你梦中的'风流人物'。"

"老龟怎样? 它憨,憨得鱼儿都喊它太公;它静,静得山水都问它以前的模样;它行,行得四平八稳,轨迹闪亮。"沙凤一口气点出了人们从未听说过的老龟的三大亮点。

山枫想,这就是一个女人天性,一旦她爱上一个人,这个人的缺点也就变成了优点,情人眼里出潘安。

山枫说:"沙凤啊,你是个聪明漂亮的姑娘,文化内涵也和你外表一样光彩照人,只是再这样发展下去,怕是没人敢娶你哟。"

沙凤惊愕地问:"这是为什么?"

"你看这姚黄和魏紫,由于它们的高贵,都被栅栏围住,与园中其他牡丹花隔绝。其他牡丹花也觉得自己平凡,就远离了它。"山枫指着栅栏里的牡丹花说。

沙凤说:"所谓高贵者,都是卑贱者的自封。你我都是平凡者,做平凡人，交平凡人，做平凡事。因为我们这个世界就是平凡的。认认真真做好了平凡人，做好平凡事，他就伟大了。"

山枫惊叹道："沙凤啊，你倒给我上了一课，而且很深动。我当初和那些贪官想法一样，'官'虽然高贵，但他是有期限的，一旦交了官帽，就门可罗雀了。还是有钱可靠，可以让人刮目相看，自高三分。我虽然没有官，贪腐不到，但我想有钱的欲望越来越强烈，结果落得和贪官们一样的下场。听说荆棘花是你的阿姨，我不知不觉地还'骗'了她们。"

"其实是金钱物质的欲望欺骗了人，欺骗了所有的人。通过他们这些人的折腾，告诉人们，人所执迷的欲望是如此虚妄和无聊。不满足痛苦，满足也无趣。做一个平凡人，做社会需要的事，做美自己的生活。这是每个人的希望，而不是欲望。"沙凤安慰着山枫。

沙凤还说："刚才我给姨娘发了信息，告诉她我在西山牡丹园遇见山枫你了，还告诉她，我爱上山枫了。姨娘说，你这个人值得我爱，说你像山一样沉稳可靠；像海一样浮天载地。姨娘还说，这是通过对你的'折腾'看到的，也是自己折腾了这么久看到的。"

山枫感叹道："百姓中间有个奇怪的现象，就是'不打不相识'。因为通过'打'或'斗'，表现出对方智慧和勇敢，从中找到与自己共同的性格特点，互相欣赏。我们也是在这'打'和'斗'中，互相认识，互相理解，互相坦荡着胸怀，从而又携起手来共建我们的美好生活。"

忽然，沙凤的手机响了，沙凤连忙打开手机免提，山枫和沙凤都听到荆棘花说："沙凤呀，我和你姨父把饭菜都准备好了，就等你带山枫来家作客啦。"